오늘의
남자

오늘의 남자

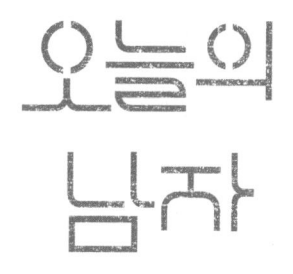

다시 여자가 알아야 할 남자 이야기

김형경 지음

창비

차례

1장 아픈 남자, 슬픈 남자

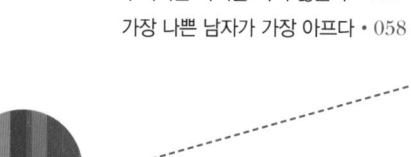

2장 가장과 아버지의 이름으로

3장 남자의 성과 사랑

4장 남자 속의 영웅들

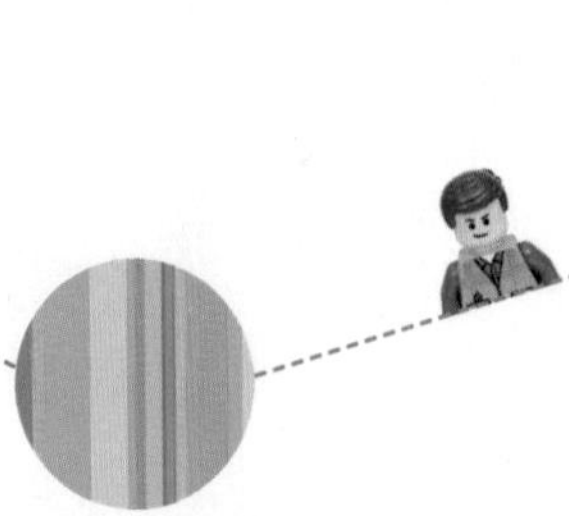

5장 남자의 성장과 나이 듦

1장

아픈 남자,
슬픈 남자

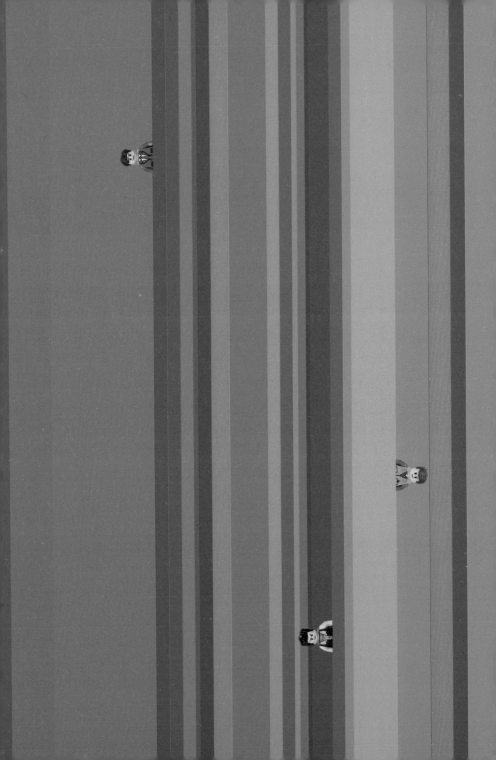

상실을 경험한 남자의 마음 풍경

알베르 까뮈(Albert Camus)의 소설 『이방인』(*L'Étranger*)은 주인공 뫼르소가 어머니의 부음을 듣고 장례식장에 가는 장면으로 시작된다. 그는 버스 안에서 내내 잠에 떨어지고 요양원에 도착해서도 몽롱한 졸음기를 매단 채 움직인다. 어머니 관 앞에서 밤을 새우면서도 여전히 반쯤 잠에 떨어져 있다. 소설은 몽유병자 같은 인물과 그가 경험하는 질식당할 듯한 더위, 눈을 찌르는 햇살을 몽환적으로 묘사한다.

소설의 주인공은 중년 남자이다. 그는 예상치 못한 상실에 맞닥뜨렸을 때 슬퍼하는 대신 몽롱한 졸음의 상태에 머물거나 무력감에 빠진다. 그것은 상실 앞에서 우리가 느끼는 최초의 반응이자 정당한 반응이다. 충격으로부터 몸과 마음을 보호하기 위해 감정과 감각을 마비시키는 것이다. 경직되고 무관심해 보이는 마비상태가 상실에 대한 첫 반응임을 모르는 이들은 가끔 슬픔이 느껴지지 않는 내면을 들여다보며 죄의식을 느낀다. 피도 눈물도 없는 인간이라고 타인을 함부로 오해하기도 한다.

페터 한트케(Peter Handke)의 『소망 없는 불행』(*Wunschloses Unglück*)은 어머니의 자살을 둘러싼 경험을 그린 소설이다. 책에는 이런 대목이 있다.

"그 체험에 대해 누군가 말을 걸어오면 나는 무감각해지고 모든 것이 갑자기 근거 없는 듯 여겨진다. 그럼에도 어머니의 자살에 대해 언급하려 드는 이들에게 화를 낸다. 내가 정말 바라는 것은 곧장 화제를 돌려

농담거리를 듣는 일이다."

충격적인 마비의 순간이 지나고 상실을 받아들일 수 있게 되었을 때 남자들은 슬퍼하기보다 분노하는 쪽을 택한다. 여자들이 상실 앞에서 울음을 터뜨리는 것과는 대조적이다. 남자들에게는 분노하는 편이 더 쉽고 익숙하다. 화낼 상황도 대상도 충분하기 때문에 그의 분노는 정당해 보인다. 심리적으로도 분노는 상실을 경험한 사람들이 보이는 정당한 반응이다. 깊은 잠과 같은 마비에서 풀려났다는 의미이며, 농담거리로 회피하거나 중독물질에 빠지는 것보다 나은 일이다.

소중한 대상을 잃은 후 격노하는 사람을 만나면 그가 화내는 상태를 허용하고 수용해주어야 한다. 분노를 표출할 수 있기 때문에 그가 정서적 위기 국면을 무사히 넘기는 중이라는 사실을 이해해야 한다. 많은 시간이 지난 후 아무도 없는 곳에서 혼자 뜨거운 눈물을 흘릴 때까지.

의식의 능숙함과 무의식의 미숙함

그는 성장기에 부모의 큰 기대를 받은 인물이다. 성인이 된 후의 삶은 기대에 미치지 못했지만 그는 부모를 만날 때마다 장밋빛 청사진을 펼쳐 보였다. 언젠가는, 아마도 곧, 부모가 원하는 찬란한 성공을 이루겠다고 약속했다. 아들의 총명했던 어린 시절을 기억하는 부모는 그 말을 믿었고, 아들 역시 자기가 하는 말을 의심하지 않았다. 아들의 사업 자금을 대던 부모가 빈털터리가 되는 이십년 동안.

정신분석학에서는 무의식이 표출되는 통로를 꿈, 몸의 통증, 언어 세 가지라 말한다. 그 학문이 연구되던 초기에는 무의식에 접근하기 위해 언어연상실험을 했다. 특정 단어를 들려주고 연상되는 어휘를 말하는 방식이다. 피실험자가 특정 단어 앞에서 머뭇거리거나 감정적인 반응을 보이면 무의식이 작동되는 증거라 여겼다. 요즈음은 일상에서 범하는 말실수를 무의식이 표현되는 대표적인 현상으로 본다. 이를 '입술 위에서 미끄러지는 무의식'이라 한다.

여자들이 수다, 잔소리 등을 통해 감정을 표현하는 것과 대조적으로 남자는 말로써 속내를 드러내지 않는다. 남자에게 언어는 오히려 경쟁과 전략의 도구이다. 상대를 자기편으로 만들기 위한 유혹의 말, 상대를 굴복시키기 위한 협박의 말, 자신을 부풀려 보이기 위한 과장의 말 등을 주로 한다. 그것은 감정적 진실과 무관하다. 경쟁 현장에서 감정, 진실 따위는 거추장스러운 방해물일 뿐이다. 그리하여 세속의 법칙으로 성공한 남자들을 보면 의식 차원에서 능숙한 만큼 무의식 차원에서 미숙하다. 그들이 억눌러온 무의식 영역이 통제력을 잃고 터져나올 때마다 그것을 확인한다.

무의식이 터져나오는 대표적인 경우는 술에 취해 자제력을 잃었을 때이다. 평소라면 입 다물고 안으로 삼켰을 말들이 제멋대로 '입술 위에서 미끄러진다'. 무의식의 통제력을 잃는 또다른 경우는 도취의 순간이다. 여자든 권력이든 그것에 도취되는 순간 황홀감이 이성을 마비시킨다. 도취감에 빠진 상태에서 범한 말실수는 가끔 이성을 잃은 듯 보이고, 결국 다 잡은 물고기를 놓치는 결과로 이어진다. 성공 뒤에 온다는 슬럼프 역시 도취감 때문에 풀려나온 무의식이 당사자를 삼킨 결과가 아닐까 싶다.

억압된 무의식은 힘이 세다. 일순간, 혹은 점진적으로 모든 것을 날려버릴 수 있다. 앞서 언급한 아들이 부모에게 내밀었던 청사진은 인정받고 싶은 무의식이 만든 거짓말이었다. 그 말을 믿은 부모는 아들이 빛났던 시절의 무의식에 현실감 없이 고착되어 있었던 것이다.

남자의 말 속에 없는 것들

연초에 지인 남성에게 안부 전화를 걸었다. 그는 자신의 근황을 이렇게 말했다.

“1박 2일 정도 침대에 누워 있었다. 온몸의 365개 관절이 모두 해체되었다가 재조립되는 것 같았다.”

그의 말뜻을 이해하는 데 3초쯤 걸렸다. 저 문장을 여성의 언어로 번역하면 이런 의미가 될 것이다.

“감기 몸살에 걸려 꼼짝없이 이틀을 앓았다. 온몸 마디마디가 바늘로 쑤시는 것처럼 아팠다.”

하지만 남자의 저 언어에는 병명이나 통증에 대한 표현이 없다. 주의를 기울여 배제한 듯 감정상태를 나타내는 언어를 사용하지 않는다. 물론 그가 의도적으로 노력해서 저런 표현을 사용하는 게 아님을 알고 있다. 그는 자주 통화하는 남동생이며, 저 정도 개인정보도 누나에게나 내놓을 뿐이라는 걸 알고 있다.

남자는 본능적으로 감정을 억압하며 살아간다. 감정을 느끼지 않아야 사회에서 맡은 역할을 잘 수행할 수 있고, 냉혹한 경쟁사회에서 승리할 수 있기 때문이다. 멀리 낯선 땅을 정복하러 갈 때, 불길 속으로 뛰어들어 인명을 구할 때, 두려움을 느끼지 않아야 그 일을 해낼 수 있다. 가족을 위해 매일 힘겨운 노동을 하면서도 자기가 가엾다는 감정을 느끼지 않아야 가장 역할을 해낼 수 있다. 남자들은 내면 감정에 이르는 길을 차단해놓고 강한 남자가 되고자 애쓴다. 당연히 그들의 말에는 감정이나 정서가 묻어나지 않는다. 관념적인 언어, 형이상학적인 표현 영역에 머무르면서 자기들의 언어가 논리적이고 합리적이라 생각한다. 반면 여자들의 말하기는 감정적이고 사소하고 산만하다고 판단한다.

여자들은 대체로 남자와 말이 통하지 않는다고 불평한다. 그래서인지 많은 여자들이 이상형으로 '대화가 통하는 남자'를 꼽는다. 그녀들에게 나는 가끔 말해준다.

"여자들이 대화가 통하는 남자를 원할 때, 남자들은 섹스가 통하는 여자를 원하지."

섹스는 언어 대신 남자가 감정을 표현하는 통로이며, 의미있는 타인과 소통하는 길이자 자존감을 확인하는 방식이라고 부연한다. 후배 여성들은 눈을 동그랗게 뜨고 믿을 수 없다는 듯 고개를 갸웃거린다.

대화든 섹스든 그것을 통해 남녀가 원하는 것은 실은 동일하다. 의미있는 타인과 친밀한 관계 맺기, 그로부터 인정과 지지를 얻는 느낌 경험하기, 그리하여 내면에 쌓인 불편한 감정 해소하기 등이 그것이다. 사실 돈 후안(Don Juan)이 되는 방법은 아주 쉽다. 여자 말에 귀 기울여주고 여자가 원하는 달콤한 말만 날리면 된다. 그런데 남자에게는 그 일이 가장 어렵다.

침묵 속에서
마음이 아픈 남자들

젊은 부부가 아이를 낳은 지 삼주 만에 잃게 된다. 아내는 저녁식사를 하다가, 한밤중에 잠 깨어 시도 때도 없이 잃은 아기와 자기 심정을 이야기한다. 남편은 아내의 행동을 이해할 수 없다.

"그런 이야기는 해서 뭐하겠어? 그래 봤자 아이는 이미 떠났어."

남편은 처음에 그렇게 대응하다가 나중에는 아내가 이야기를 시작할 기미만 보이면 자리를 피했다. 월리 램(Wally Lamb)의 소설 『나는 알고 있다 이것만은 진실임을』(*I Know This Much is True*)의 도미니끄 부부 이야기이다.

"어느날 한밤중에 아내가 거실에서 죽은 아기에게 무어라 속삭이는 소리가 들려왔다. 가만히 앉아 그 소리를 들으며 생각했다. 이런 때 거실로 나가 아내를 안고 위로해주는 놈은 머저리일 거라고. 품위 있는 인간이라면 그렇게 해야겠지만 나는 방바닥에 발을 내려놓을 수도 없었다. 침대에 앉은 채 아내의 말을 듣는 동안 우리가 꿈꾸던 인생이 유령처럼 떠나가는 듯 느껴졌다. 그날 이후 지금까지, 만약 그날밤 아내에게 다가가 어깨를 감싸안고 이야기를 들어주었더라면 그 순간이 우리 부부의 결혼생활을 되살리는 기회가 되지 않았을까 하는 생각을 수없이 하곤 한다."

슬픔 앞에서 도미니끄는 무감각한 상태에 빠져 있었다. 아내가 자기 심정을 이야기할 때마다 간절히 원한 것은 슬픔의 의례에 남편이 동참

해주는 일이었다. 하지만 그는 몸을 일으킬 수 없었다. 그 사실을 몰라서가 아니라 그렇게 하는 일이 너무나 고통스러울 거라 짐작했기 때문이다. 나중에야 그는 자신이 '정말 머저리 같은 놈처럼 굴었다'는 것을 알았다.

사회적 역할을 해내느라 버릇처럼 감정을 억압하는 남자들은 슬픔을 경험하면서 고통을 지나가는 애도 과정을 밟기 어렵다. 그 결과 고통이 연장되면서 갈수록 더욱 힘든 감정상태에 처한다. 현대 심리학자들은 입 밖에 내어 고통을 말하는 여자보다 침묵 속에서 남자들이 마음을 더 많이 앓고 있다고 설명한다. 테렌스 리얼(Terrence Real)은 '비밀스러운 남성 우울증', 제드 다이아몬드(Jed Diamond)는 '과민성 남성 증후군', 존 샌포드(John A. Sanford)는 '남성적 무드' 등으로 남자들의 특별한 감정상태를 설명한다. 살다보면 어느날 문득, 이유를 모르는 채로 머리 위에 먹구름이 드리운 듯 의기소침하고 우유부단한 상태에 빠지게 된다. 그럴 때 남자들은 흔히 타인을 비난하는 돌발 행동을 하기 쉽다. 전문가마다 용어는 다르지만 그들이 제안하는 해결법은 똑같다. 친밀한 상대에게 자신이 느끼는 감정을 직접적으로 표현하는 것. 그러려면 먼저 자기 기분이 어떤 것인지 인식할 수 있어야 하고, 자기감정에 대해 솔직하겠다는 의지를 가져야 한다.

남자의 감정적 방패,
논리와 합리화

한때 알고 지내던 한 남성은 취미가 '논쟁'이라고 공공연하게 말했다. 그는 누군가와 어떤 주제로든 토론하기를 즐겼는데 그의 취미생활은 때와 장소, 대상을 가리지 않았다. 논쟁이나 토론이라고 표현했지만 주로 이야기하는 쪽은 그 사람이었다. 그의 상대가 된 이는 예의상 한두마디 응대하다가 얼떨결에 그의 논리 속으로 휘말려들었다. 이후 그는 특유의 경쟁심을 발동시켜 기어코 토론에서 논쟁으로 가는 경계를 넘고 말았다.

텔레비전 토론 프로그램에서도 토론자들이 지식, 논리, 자료 등을 동원하여 자기주장으로 상대를 설복시키려 최선을 다하는 모습을 자주 볼 수 있다. 상대방도 자기처럼 옳을 수 있고, 자신의 신념도 잘못될 수 있다고 돌이켜보는 사람은 드물어 보였다. 토론의 장에 뛰어들 때 남자들은 나르시시즘과 합리화의 갑옷을 입는 듯했다.

우리가 내면에서 올라오는 불안, 공격성, 죄의식 등 불편한 감정을 느끼지 않기 위해 사용하는 정신기능 중에 합리화 방어기제가 있다. 불편한 감정을 유발하는 생각이나 사건에 대해 그것이 오히려 옳고 정당한 것이라는 사실을 자신에게 설명하여 마음의 평화를 유지하는 방식이다. 합리화 방어기제를 사용할 때는 자기 입장을 옹호하기 위해 치밀한 논리를 전개하며, 논리를 뒷받침할 지식의 창고도 넉넉히 채워둔다.

「절규(Skrik)」의 화가 뭉크(Edvard Munch)는 다섯살에 어머니를 잃었고, 열다섯살에 각별한 사이였던 누나마저 세상을 떠났다. 분리 불안, 유기 우울증, 관계 맺기 어려움 등 마음의 문제를 안을 수밖에 없었다. 그는 내면의 불편한 감정들을 그림으로 표현하는 승화 방어기제를 사용하여 심리적으로 살아남았다. 승화와 함께 그가 사용한 대표적 방어기제는 합리화였다. 특히 여성과 친밀한 관계를 맺는 일에서 그랬다.

"나는 여자를 사랑한 적이 없다. 내게는 산을 움직이고 사람들을 변화시킬 수 있는 열정, 가슴을 찢고 피를 말리는 열정은 있지만 '여인이여, 내 사랑은 그대뿐, 그대가 내 모든 것이오'라고 말할 만한 상대는 없었다."

그의 여자관계는 모호하고 파편적이었다. 뭉크는 그 이유를 은근히 여자의 부족함 탓으로 돌리며 자기 입장을 합리화했다.

"여자란 예술 표현의 잠재력을 발현시키는 데 방해가 되는 존재일 뿐이다."

남자들은 여자의 감정적이고 비논리적인 언어를 질색하지만, 여자는 남자가 친밀한 관계 안에서 논리와 합리화를 전개할 때 귀를 막는다.

남자들이 아무런 행동도 하지 않을 때

사랑에 빠진 연인들은 가끔 상대방의 행동을 이해하지 못해 당황한다. 특히 여자 입장에서 남자친구가 갑자기 전화를 받지 않고 문자도 씹을 때, 데이트 약속을 계속 미룰 때, 굳게 약속해놓고 바람맞힐 때 그 행동을 어떻게 받아들여야 할지 몰라 혼돈스러워한다. 말로써 감정을 잘 표현하는 여자들은 남자들이 행동하지 않거나 반응하지 않는 방식으로도 의사를 표현한다는 사실을 알지 못한다.

남자들은 주로 몸을 사용하는 운동이나 음주 가무 등의 행동으로 감정을 표현한다. 그보다 미숙한 남자는 불편한 감정을 주변 사람에게 쏟아내는 방식으로 감정을 해소한다. 만만한 상대를 골라 비난하거나 상황에 대해 불평하거나 권위에 반항하는 행동을 한다. 그보다 더욱 나쁜 남자의 감정 표현법은 '행동하지 않기, 반응하지 않기'이다. 퇴근하면 소파와 한 몸이 되어 아무것도 하지 않기, 먹는 일 외에는 모두 남에게 시키기, 그토록 당부하건만 양말을 아무 데나 벗어놓기 등은 실은 남자가 감정을 표현하는 또 하나의 방식이다.

직장생활에서 받은 피로와 스트레스에 짓눌려 소파에 죽은 듯 누워 있을 수도 있다. 사실 '번아웃(burnout)' 상태가 될 때까지 일하면서도 여전히 부족하다고 느끼는 마음은 불안이고, 그런 노력을 가정에서 인정받거나 위로받지 못한다고 느끼는 감정은 분노이다. 귀가 후 소파에 누워 아무 행동도 하지 않는 것으로 남자들은 불안과 분노의 감정을 표현하는 것이다.

무행동, 무반응의 감정 표현법을 사용하는 이들은 점진적으로 자기 삶을 갉아먹는 셈이다. 무기력한 상태로 머물고, 늦장 부리며 할 일을 미루고, 자주 약속을 잊어버리고, 책임을 회피하면서 비효율적으로 행동한다. 그렇게 삶을 퇴보시키면서 동시에 상대방을 공격자로 만든다. 대개 무행동, 무반응의 감정 표현법을 사용하는 남자 곁에는 잔소리를 쏟아내는 여자가 있다. 전문가들은 그런 행동을 '수동 공격'이라 명명한다. 무행동 남자와 잔소리꾼 여자, 무반응 남편과 요구적 아내는 그렇게 견고한 관계를 정립하여 자녀에게 똑같은 방식을 물려준다. 수동 공격적 감정 표현은 사실 여자도 많이 사용하는 테크닉이다.

만약 남자친구가 무행동, 무반응의 감정 표현법을 사용한다면 재빨리 그를 포기하는 게 낫다. 그는 연인에게 싫증이 났거나 화나 있지만 그 사실을 솔직하게 표현하지 못하고 있는 상태이다. 그런 남자에게 걸려들어 평생 잔소리쟁이로 살고 싶지 않다면 쿨하게 돌아서는 게 상책이다.

구강기 남자들의 나라

영화를 홍보하기 위해 미디어에 출연한 남자 배우에게 진행자가 자주 하는 질문이 있다.

"키스신이 있나요? 그 장면 촬영할 때 어땠나요?"

대중 미디어에서 영화를 홍보하며 감독의 철학이나 배우의 연기론을 논하기는 어려울 수 있다. 그럼에도 인터뷰마다 키스신 촬영 에피소드가 거론되는 것은 좀 이상하다. 심지어 구체적인 행위 방법과 감각에 대해서까지 이야기된다. 어떤 배우는 감독님께 NG를 많이 내달라고 부탁해서 일곱번쯤 되풀이해 찍었다고 웃으며 말한다. 그가 드러내는 만족감을 보며 리포터는 부러워 죽겠다는 표정을 짓는다. 내가 듣기에 그것은 감독과 배우가 짜고 행한 성적 무례함(성추행이라고 쓰고 싶지만 파장이 큰 단어라 피해간다)이고, 상대에 대한 배려 없이 자행되는 욕심 채우기 행동이다. 그런 대화가 공공 미디어의 전파를 타고 전국민의 안방으로 전달된다는 사실은 좀 의아하다.

프로이트(Sigmund Freud)는 인간 발달단계를 제안하면서 생후 일년 정도를 구강기라 명명했다. 먹으려는 욕구가 주요 관심사이며, 입과 젖가슴, 빠는 것과 삼키는 것의 쾌락을 느끼는 시기이다. 심리적 특성은 욕심이며, 성인이 된 후 발현되는 탐욕, 애착대상에 대한 독점욕, 지식욕 등이 이 시기에 뿌리를 두고 있다고 한다.

프로이트 다음 세대 정신분석학자인 멜라니 클라인(Melanie Klein)은 그 시기를 편집분열적 자리(paranoid-schizoid position)라 명명하는데, 심리적 특성으로는 시기심과 공격성을 꼽는다. 시기심과 공격성에서 비롯되는 불안과 박해감도 매우 커서 이 시기가 잘 보살펴지지 않으면 성인이 된 후 불안과 분노를 다스리는 일에 어려움을 느끼게 된다.

또다른 정신분석학자 에릭 에릭슨(Erik H. Erikson)은 그 시기에 인간의 기본 정서 중 신뢰감과 불신감이 갈린다고 제안한다. 엄마의 수유와 보살핌이 아기의 기대에 부응하는 방식으로 충족되면 외부 세계에 대한 신뢰감이 형성된다. 그렇지 못할 경우 타인과 세상을 믿지 못하는 성격, 비밀한 것을 추구하는 성향을 갖게 된다고 한다.

가끔 우리 사회는 구강기 단계에 있는 게 아닌가 싶다. 키스신에 대한 관심, 술과 음식에 대한 추구, '입으로 터는' 문화 등 구강과 관련된 일에 관심이 집중된다. 분노를 잘 다스릴 줄 모르고, 서로 불신하며 은밀한 비밀 문화를 만드는 일까지. 젖 먹던 시기, 우리에겐 대체 무슨 일이 있었던 걸까.

여자를 펌하하는 남자의 언어

성장기에 든 남자의 언어 중 납득되지 않고, 받아들이고 싶지 않은 문장이 몇개 있다. 여자의 적은 여자다, 여자의 마음은 갈대다, 여자는 질투의 화신이다, 여자의 '노'는 '예스'다 등등. 왜 남자들은 틈만 나면 여성을 폄하하며 열등한 족속 취급하려는지 알 수 없었다. 남자들이 내면의 불안과 분노를 그런 방식으로 약자에게 투사한다는 사실을 이해할 때까지 저런 문장을 들으면 마음에서 잠깐씩 파도가 일었다.

그중에서도 성적 뉘앙스를 담아 말하는 '여자의 노는 예스다'라는 문장은 '열번 찍어 안 넘어가는 나무 없다'는 문장보다 한층 폭력적인 규정처럼 들렸다. 틀림없이 싫다고 저항하는 여자를 강제로 찍어 누를 때 남자들의 머릿속에는 저런 문장이 새겨져 있는 게 아닐까 싶었다. 그게 아니라면 어떻게 '노!'라는 말을 못 알아듣고 브레이크가 고장난 자동차처럼 굴 수 있겠는가.

사랑 속에 공격성을 섞어 내미는 심각한 심리적 문제는 차치하고라도 저런 언어가 통용되는 데는 이상심리들이 작용한다. 폭력조차 여자가 원했다고 믿고 싶어하는 합리화, 자기 행위에 책임질 줄 모르는 회피, 여자를 자기 뜻대로 규정하고 통제하려는 불안 심리 등등. 그럼에도 어떤 남자들은 오늘도 "안! 돼요, 돼요, 돼요……" 하며 비아냥거리는 리듬감을 실어 그 문장을 말한다.

사실 여자들 태도에도 안타까운 점은 있다. 어떤 여자들은 좋고 싫음을 분명하게 말하지 않아 남자가 잘못 해석할 여지를 남긴다. 오래도록 사회적 물리적 약자로 살아오면서 돌려 말하기, 암시적으로 전달하기, 판단 유보적 태도 취하기 등이 생존법의 일부로 자리 잡은 측면도 있다. 하지만 여자가 순종적이고 만만하게 여겨져야만 사랑할 수 있는 남자라면 그는 이미 마음이 건강하지 않다는 증거이다. 이런 남자들은 위에 열거된 문장 속 편견들을 진실이라고 믿을 가능성도 높다.

남자가 권력을 추구하는 이유 중 하나가 더 많은 여자를 갖기 위해서라는 데 이의를 제기할 마음은 없다. 하지만 사회에 통용되는 규칙을 지키지 않으면 권력 오남용이며, 그것은 내면의 불안과 분노를 무분별하게 쏟아내는 행위일 뿐이다. 그럼에도 권력을 이용해 약자인 여성을 강압적으로 대하는 남자들은 '그저 예뻐해줬을 뿐이다' '그녀가 걱정스러웠다' 등 이상한 언어로 둘러댄다. 그 문장들의 밑바탕에도 '여자의 노는 예스다'라는 잘못된 생각이 깔려 있는 것이다.

모든 남자는 평등하게 불안하다

공식적인 행사의 뒤풀이 자리에서 자주 목격하는 광경이 있다. 연장자인 남자가 식당 한 자리에 앉으면 그곳에서 먼 좌석부터 사람들이 채워진다. 나중에는 그의 양옆, 앞자리, 앞의 대각선 자리만이 비어서 권력자인 그 사람이 섬처럼 보인다. 그럴 때 그의 옆자리에 자발적으로 앉는 남자는 권력자의 오른팔이거나 권력자에게 필요한 게 있는 사람이다. 어떤 충직한 남자들은 권력자가 섬처럼 고립되기 전에 서둘러 여자를 불러 그 자리에 앉힌다. 여자 쪽에서 사양해도 의무감에 사로잡힌 듯 간곡하게 그 자리에 앉아주기를 청한다.

처음에는 그런 광경을 볼 때 불쾌감이 없지 않았다. 여자를 '기쁨조' 취급하는 게 아닌가 싶었다. 다음에는 남자들이 여자를 완충장치로 사용하는구나 싶었다. 남자끼리 마주쳤을 때 솟는 본능적 경쟁심, 윗사람이 있는 자리에서 느끼는 억압적 불편함을 피하고자 여자를 사용하는 듯 보였다. 여자가 한명이라도 있으면 남자들은 여자를 의식하면서 신사적인 평화상태를 유지하고자 노력했다. 시간이 지나자 그렇게 행동하는 남자들 내면의 불안감이 보이기 시작했다. 남자들이 연장자나 권력자에게 느끼는 두려움은 보편적인 현상인데, 그 감정의 정도는 여자 입장에서는 상상할 수 없을 만큼 강력한 것이었다. 상사에게 해야 하는 조퇴 요청을 망설이다가 퇴근시간이 되었다는 한 직장인 남자의 우스갯소리를 들은 적도 있다.

인류의 처음부터 남자의 경쟁자는 남자였다. 남성 조직은 승패와 위계로 짜여 있어서 초등학교 교실에서도 남자아이들은 일등부터 꼴찌까지 힘의 질서를 정해놓는다. 내세울 게 나이밖에 없는 남자들은 툭하면 '민증 까봐!'를 외친다. 많은 남자들의 내면에는 성장기에 아버지에게 느낀 분노와 박해감이 자리 잡고 있다. 아버지 세대가 부모 역할을 잘못한 까닭도 있고, 당사자가 내면의 분노를 해소하는 법을 배우지 못한 이유도 있다. 그 모든 상황에서 남자는 늘 불안감으로 긴장해 있다. 특히 유년기에 경험하는 거세불안은 남자의 정서 밑바닥에 거대한 두려움을 펼쳐놓는다. 페니스를 가지고 있는 한, 모든 남자는 평등하게 불안할 것이라 짐작한다.

권력욕은 불안감에 비례한다. 권력을 욕망하는 사람은 힘을 갖기만 하면 상황을 자기 뜻대로 통제하면서 안전함을 맛볼 수 있을 거라 기대한다. 실제로 힘을 이용해 그런 것들을 향유할 수도 있다. 하지만 아무리 많은 소유물을 갖는다 해도 내면의 불안은 사라지지 않는다. 불안을 피해 잠시 향락 쪽으로 도망칠 수 있을 뿐이다. 알고 보면 다른 남자들을 두렵게 하는 그 권력자가 가장 불안한 사람인지도 모른다.

술을 따라주며
안부를 전하는 남자

그 후배 남성은 최근 개인적으로 힘든 일을 겪었다. 주변 사람들은 안타까워하면서 위로의 손길을 내밀었다. 그를 위로하기 위해 방문한 친구들은 그를 술집으로 데려가 정신을 잃을 때까지 술을 권했다. 선후배도, 존경하는 선생님도 똑같았다. 일종의 의식처럼 취할 때까지 술을 마시며 오직 세상 돌아가는 이야기만 나누었다. 한사람도 그에게 얼마나 마음이 아픈지, 힘든 시간을 어떻게 넘기는지 묻지 않았다. 졸저 『남자를 위하여』에도 이 대목이 언급된 바 있다.

"남자들은 그것으로 모든 대화를 했다고 생각한다. 술을 따라주는 것이 안부를 묻는 일이고, 술잔을 부딪치며 상대를 위로하고, 각자 자기 잔의 술을 마시면서 슬픔을 느낀다. 술자리에서 마주 앉기, 함께 술 마시기, 함께 취하기, 그 모든 것을 뭉뚱그려서 남자는 위로라고 생각한다. 그들은 서로 위로하는 말을 할 줄 모르고, 상대방을 감싸안아 편안하게 해주는 행동을 할 줄 모른다."

그는 오히려 질문했다.

"그럼, 여자들은 위로하는 말과 행동을 잘해요?"

그의 질문에 놀라기보다 마음 아팠다. 남자들은 얼마나 깊은 곳에 감정을 억압해둔 걸까 싶었다.

도심의 저녁 술집에는 늘 직장인들이 가득하다. 그들은 술을 마시며 낮 동안 몇번이나 마음에서 치솟던 뜨거운 기운을 다스리고, 집과 직장을 뒤로한 채 멀리 떠나고 싶은 충동을 잠재운다. 근무시간 내내 곤두서 있던 신경은 술기운에 풀어지고, 잊고 있던 호기로움이 슬며시 소환된다. 퇴근 후 술자리는 그 자체가 직장인들의 감정 문제를 해결해주는 성소처럼 보인다.

후배는 주변 사람들의 술자리 위로 덕분에 마음의 힘을 조금 차렸다. 하지만 육체적으로 힘든 시간을 보내야 했다. 몸에 가득 찬 술독을 해결하는 데 시간과 노력이 꽤나 소요되었다. 나는 그에게 말해주었다. 꼭 격렬하게 술을 마시지 않아도 슬픔을 이야기할 수 있고, 서로 어깨를 감싸 안으며 자기와 상대를 위로할 수 있다고. 그는 묘한 표정을 지었다. 믿어지지 않는 듯한, 혹은 받아들이고 싶지 않는 듯한. 사실 남녀를 불문하고 애주가들은 잘 받아들이지 못한다.

남자가 자기 능력에 불안감을 느낄 때

새벽 외국어학원 강의실에는 양복 차림 직장인들이 많이 보인다. 퇴근 시간 후의 각종 학원들에도 직장인 남자들이 많다. 그들은 시간을 아껴 가며 경력에 필요한 자격증을 따거나, 미래에 대비해 각종 기능을 배워 둔다. 외국어나 운전, 주식 투자나 경영 회계 업무를 배울 뿐 아니라 인문학 강의를 듣거나 한옥 짓기를 배우기도 한다. 남자들이 그토록 많은 기능을 배우고 자격증을 따는 이유는 한가지, 경쟁사회에서 살아남기 위해서이다.

아무리 많은 자격증을 가지고 있어도 일자리를 보장해주지 않는 사회에서는 더 많은 자격증에 대한 필요를 느끼게 된다. 일곱개의 자격증을 가지고도 여덟번째 자격증에 도전하는 젊은이를 본 적이 있다. 남자들이 그토록 많은 자격증을 갖고자 하는 마음 깊은 곳에는 자신의 능력에 대한 불안이 자리 잡고 있다. 대부분의 남자들은 자신이 무능력한 사람이 아닐까 하는 두려움을 감추고 산다. 그들은 사회적 역할을 잘 해내야 할 뿐 아니라 어떤 문제에 대해서든 해결책을 가지고 있어야 한다고 믿는다. 성장기 내내 잘한 일을 칭찬받기보다 잘못한 일에 대해 비난받고 체벌받던 교육 환경은 그들의 불안감을 가중시켰을 것이다.

그런 까닭에 남자들은 자신이 저지른 실수나 실패를 본능적으로 숨기려 한다. 실직 사실을 숨긴 채 매일 출근하는 척하고, 업무에서 저지른 과오를 덮어둔 채 넘어가려 한다. 회피해온 무능력에 대한 불안이 너무나 크기 때문에 작은 실수조차 받아들이지 못한다. 자신의 무능력과 마주치는 순간에는 공포심에 압도되어 자신의 행위가 어떤 결과를 초해할지 생각하는 기능이 마비된다.

남자들이 여자에게 괴팍하게 구는 이유도 능력 부족에 대한 불안감에서 비롯된다. 애인이 떠날까봐 두려워하는 남자는 자신의 성적 정복 성과를 떠벌이고, 돈을 충분히 벌어다주지 못한다고 느끼는 남자가 아내의 가계부를 검사하며 잔소리한다.

보통의 경우 능력 부족에 대한 남자들의 불안감은 근거가 없고 비현실적이다. 그래서 어떤 학자들은 남자들이 능력에 대해 느끼는 막연한 불안감이 실은 아기를 출산할 수 없는 데서 비롯한다고 주장하기도 한다. 남자들이 아무리 많은 업적을 성취해도 생명을 탄생시키는 능력에는 못 미친다고 느낀다는 것이다. 남자들의 경쟁심은 실은 외부 세상과의 대결이 아니라 내면의 무능력에 대한 불안감과의 투쟁으로 보인다.

남자의 폭식증,
여자의 거식증

전설 같은 이야기 하나. 옛날에 음식 먹기를 즐기던 남자가 있었는데, 앉은자리에서 얼마나 많은 음식을 먹었던지 혼자 힘으로 일어날 수 없는 지경이 되었다. 사람들이 양팔을 부축해서야 겨우 몸을 일으킬 수 있었다. 그보다 강도 높은 전설. 음식 먹기를 즐기던 남자가 식사 도중 정신을 잃었다. 주변 사람들이 놀라 병원으로 옮겼는데 의사는 과식이 원인이라고 진단했다. 몸에 음식물이 과잉 공급되자 뇌 기능이 잠시 멎었다는 것이다. 인체에 그런 기능도 있나 싶을 정도로 허황한 이야기로 들리겠지만, 우리 세대 남자의 실화이다.

섭식장애의 대표적 증상은 거식증과 폭식증이다. 거식증은 '신경성식욕부진증'이라고도 명명되는데 의식 차원에서는 비만에 대한 두려움에서 비롯된다. 음식을 거부하거나 식욕이 생기지 않아 고통받는다. 보통 사춘기에 시작되어 평생 변형된 형태로 지속되며, 아름다움을 숭배하는 문화와 함께 널리 퍼져 있는 현상이라고 한다. 거식증이 주로 여성에게 나타나는 데 반해 폭식증은 상대적으로 남성에게서 많이 보인다. 사실, 폭식증이라는 진단명이 유난스러운 게 아니냐고 반문할 정도로 우리 사회에는 과음을 동반한 과식 에피소드가 풍부하다.

진화생물학자들은 '배고픈 유전자'라는 개념을 제안한다. 인체는 굶주림을 전제로 탄생하였고, 우리의 유전자 속에는 식량이 부족하던 시대부터의 기억이 고스란히 간직되어 있다. 배고픈 유전자는 마음보다 먼저 몸을 움직여 몸이 자동적으로 음식을 흡수하도록 작동시킨다. 유전자까지 들먹일 필요도 없이 현재 우리 기억 속에도 멀지 않은 과거의 가난하고 배고프던 경험이 생생하게 살아 있다. 기억의 힘만으로도 우리는 기절할 때까지 음식을 흡입할 수 있다.

거식증이든 폭식증이든, 정신분석학에서는 그 증상 배경에 구강충동에 대한 불안이 자리 잡고 있다고 설명한다. 구강기 유아의 마음속에 엄마가 젖을 많이 가지고 있으면서도 주지 않는다고 느끼는 분노와 젖을 너무 많이 먹어서 엄마를 착취하는 것 아닐까 두려워하는 마음이 형성된다. 폭식증인 사람이 먹는 행위에 죄의식을 느끼거나 식사 후 곧바로 음식을 토해내는 것은 구강충동으로부터 살아남기 위해 선택한 생존법이다. 아기의 구강기 불안은 엄마의 양육 태도에 의해 강화되거나 해소된다. 안타깝게도 오늘도 어떤 엄마는 아기에게 '네가 엄마를 얼마나 힘들게 하는지, 너 때문에 엄마가 얼마나 불행한지 아느냐?'는 식으로 말하면서 자녀가 미래에 겪을 섭식장애를 준비해준다.

남자의 우울증,
무력감과 폭력성

사무엘 베케트(Samuel Beckett)의 희곡 『고도를 기다리며』(*En Attendant Godot*)는 제목 그대로 등장인물들이 '고도'를 기다리는 상황을 묘사한다. 고도의 실체가 무엇인지, 언제 오는지, 과연 오는지 등을 알지 못한 채 간절히 고도를 기다리는 인물들은 회의와 갈등 속에서 광기를 향해 치닫는다. 실존주의 문학, 부조리극의 시초 등으로 분류되는 그 희곡 작가는 이런 말을 남겼다.

"내가 태어났거나 말거나, 살아왔거나 말거나, 이미 죽었거나 아니면 죽어가고 있거나 무슨 상관이랴. 늘 그래 왔듯이 자기가 누구이며 어디서 무엇을 하고 있는지, 실은 존재하고 있는지조차 모르면서 계속 살아갈 텐데."

소설가이자 저널리스트인 앤드류 솔로몬(Andrew Solomon)은 저 대목을 인용해놓고 그것이 우울증의 한 증상이라고 설명한다. 솔로몬은 정신이 붕괴되는 중증 우울증을 경험하면서 우울증에 대한 역사, 사회, 문화, 의학 차원에서 모든 정보를 집대성한 책 『한낮의 우울』(*The Noonday Demon: An Atlas of Depression*)을 집필했다. 책에서 그가 주장하는 대표적 우울증 증상은 '삶이 제거된 듯한 무력감'과 '극심한 폭력성'이다. 그는 자신이 우울증 초기에 일으키곤 했던 분노 발작과 친구의 갈비뼈를 부러뜨린 폭력 행위를 상세히 묘사한다.

"친구들은 내가 분노하고 있다고 말했지만 당시 내가 느낀 감정은 절망과 회의였다."

우울증 증상으로서의 폭력 행위는 물리적 폭력만이 아니다. 『소피의 선택』(*Sophie's Choice*)의 작가 윌리엄 스타이런(William Styron)은 성공의 최정상에서 우울증 발작과 맞닥뜨렸다. 그는 지난한 노력을 통해 우울증에서 벗어난 후 그 과정을 기록한 책 『보이는 어둠』(*Darkness Visible*)을 출간했다. 책에는 그가 우울증 발작 직전에 변덕을 부리고, 가학적 언어를 남발하고, 태연하게 타인을 모욕했던 행위 등을 상세히 기록하고 있다. 그 폭력 행위 속에는 그런 식으로라도 살아 있음을 확인하려는 절박함이 있었다고 우울증 경험자들은 말한다.

요즈음 우리 사회에서 남자들이 표현하는 대표적인 정서는 극단적인 두가지 형태를 보인다. 점점 더 많은 것을 포기하겠다고 말하는 무력감과 걸핏하면 친밀한 상대를 향해 표출하는 과도한 폭력성. 앤드류 솔로몬에 의하면 그것이 중증 우울증 증상이며, 유럽 실존주의 작가와 철학자들이 세계대전 이후 애도 기간에 표현해온 심리 양상들이라고 한다. 뒤늦게 마음의 문제를 알아차리고 해결해나가는 우리는 그와 같은 궤적을 따르고 있는 게 아닌가 싶다. 거듭 포기를 이야기하거나 걸핏하면 분노와 폭력을 표현하는 남자들이 실은 자각하지 못한 채 우울증을 앓고 있는지도 모르겠다.

무력감에 싸인 청년들에게 필요한 것

평소 이십대나 삼십대 젊은이들을 만나는 일이 드물지 않다. 선배, 작가, 인터뷰이로서 후배, 독자, 인터뷰어인 젊은이들과 이야기 나눌 기회가 있다. 그때마다 젊은이들이 창의적 개성, 당찬 자기표현력, 유연한 사고 등을 가지고 있다는 사실에 놀란다. 그보다 더 놀라는 대목은 그들이 재능이나 역량에 비해 스스로를 얼마나 낮게 평가하는지, 자신을 얼마나 믿지 못하는지 확인할 때이다. 지난 몇해 동안 사석에서 만난 젊은이들은 자주 이렇게 물었다.

"삶의 에너지는 어디서 나오나요?"

거듭 '포기'를 언급하는 청년들의 무력감이 읽히는 질문이었다.

앞선 글에서 우리 사회 남자들이 보이는 두가지 극단적 성향으로 무력감과 분노에 대해 말한 바 있다. 그것이 심리 문제를 외면해온 우리 사회에 넓게 자리 잡은 만성 우울증 증상이 아닐까 추측하기도 했다. 양극단의 성향 중 공격성은 주로 기성세대에서, 무력감은 젊은 세대에서 나타난다는 특성도 있다. 내가 만난 젊은이들은 대부분 그들 부모가 조급하고, 불같이 화내며, 자식을 자기 방식대로 만들려고 한다고 말했다. 한 젊은이는 이런 말도 했다.

"386세대는 참 오래 해먹는다."

경제성장과 민주화를 이루었다고 자부심에 차서 말하는 이들에게 느끼는 상대적 무력감이 읽히는 말이었다. 그들이 만든 세상에 대한 불만이 내포된 말이기도 했다.

최근 우리 사회 자살률이 낮아졌다는 보도를 보았다. 그럼에도 이삼십대 젊은이들의 자살률은 오히려 늘었다는 단서가 붙어 있었다. 우리 세대가 그들에게 무엇을 물려주었는지 확인할 때마다 미안하다는 말로는 부족한 통증을 느낀다. 빛나는 재능을 가지고도 두려움에 갇혀 머뭇거리는 젊은이들, 생의 에너지는 어디서 나오는지 묻는 이들에게 말해준다. 부모 세대는 결핍감과 인정 욕구, 강박 성향에서 생의 추진력을 얻었다고. 그렇지만 진정한 생의 에너지는 불안을 관리할 수 있는 능력, 이타적 생의 목표 등에서 나온다고.

프란츠 카프카(Franz Kafka)는 「단식 광대(Ein Hungerkünstler)」라는 작품에서 거식증인 주인공이 찾아다니는 음식이 관계 맺기에 대한 은유라고 말한다. 주인공이 원하는 관계는 "거짓 없고, 가식적으로 염려해주지 않으며, 죄책감을 씌우지 않고, 질책하지 않고, 경고하지 않고, 불안하게 하지 않고, 투사하지 않는, 진정으로 감정이 교류되는 의사소통이었다." 생의 에너지는 건강하고 친밀한 관계 맺기에서도 나온다.

동성애 남자의 고요한 눈빛을 위하여

여성들로 이루어진 스터디 모임에 그날은 한 남자가 끼여 있었다. 그는 남달리 초연한 분위기를 띠고 있었다. 잠시 후 알아차린 사실은, 보통 남자들이 여자를 보는 눈빛에 담기게 마련인 끈적한 욕망의 기미가 그에게서는 보이지 않는다는 것이었다. 그처럼 담백한 시선과 고요한 태도를 지닌 남자를 전에는 본 적이 없는 듯했다. 내가 느꼈던 특별한 매혹이 그의 동성애 성향에서 비롯된다는 사실을 알고서야 잠깐 품었던 흑심을 접었다. 그 일을 계기로 나의 취향 하나가 분명해졌다. 과도하게 남성성을 자랑하는 남자보다 편안하게 여성성을 드러내는 남자와 관계 맺기가 수월하다는 것.

프로테스탄티즘의 나라 미국 법원에서 동성애 문제를 판단하기 위해 전국의 정신분석학자, 심리학자에게 질의서를 보냈다. 모든 전문가들은 법원에 동일한 내용의 답을 회송했다.

"그들은 발달이 정지된 상태일 뿐이다."

오해 없으시기 바란다. 그들이 비정상이라거나 정신적으로 미숙한 사람이라는 뜻이 아니다. 우리는 누구나 내면에 무의식, 혹은 '내면 아이'라 일컬어지는 덜 자란 요소를 가지고 있다. 유아기 의존성에 고착된 이도 있고, 구강기 탐욕이나 항문기 강박 성향에 고착된 이도 있다. 동성애자는 성기기나 오이디푸스기에 고착된 내면 요소를 가지고 있다고도 한다. 오해를 피하기 위해 덧붙이자면 나는 내면의 심리적 문제로부터 자유로운 사람을 단 한명도 만나지 못했고, 그 결여된 요소를 인간의 조건이라고 믿는다.

"나는 '정상적' 성적 행동은 고전적 정신분석가들이 가정했던 것보다 훨씬 포괄적일 수 있다고 믿는다. 성적 병리, 특히 성도착에 대한 정의는 대상관계에 대한 고려까지 포함해야 하며, 성행위와 관련된 행위만으로 규정되어서는 안된다."

인용문에서 '나'는 미국의 현대 정신분석학자 오토 컨버그(Otto F. Kernberg)이다. 그는 동성애를 비롯한 남성의 성적 문제를 광범하게 연구했으며 그 원인을 초기 부모와의 대상관계에서 밝히고 있다. 모든 이의 내면에는 동성애적 요소가 존재하며, 그것을 과도하게 억제하는 과정에서 두가지 다른 길로 접어들게 된다. 과도하게 도착적이 되거나, 과도한 죄의식 때문에 그것을 비난하거나.

최근 미 연방 대법원에서 동성결혼 합헌 결정을 내려 미국 전역은 물론이고 전세계가 무지갯빛으로 물들었다. 이성애든 동성애든 과도하고 도착적인 행위가 문제이지 사랑, 그 자체는 평등하고 자유롭게 누려야 하는 것이다.

남자의 거짓말 뒤에 숨겨진 마음

삼십대 초반인 그는 사소한 일들에 대해 여자친구에게 거짓말하는 습관이 있었다. 여자친구가 점심에 무엇을 먹었느냐고 물으면 김치찌개를 먹었으면서도 순두부찌개를 먹었다고 대답했다. 좋아하는 색에 대해 질문받으면 여자친구가 입고 있는 셔츠를 바라보며 노란색이라 말했다. 명백히 파란색을 좋아하면서도. 그는 사실과 다른 정보를 내놓는 순간 그 사실을 자각할 수 있었고 미안함을 느끼기도 했다. 그럼에도 오랜 버릇이 개선되지는 않았다.

사실 거짓말은 무의식적으로 행해지는 자기보호 전략이다. 성장기 내내 우리는 진실을 말했을 때 화내거나 믿어주지 않는 어른들을 상대해왔다. 사실대로 말하면 용서해주겠다는 말을 믿었다가 더 큰 곤욕을 치른 경험도 있다. 거짓말하는 이들에게는 그를 믿어주지 않는 양육자가 먼저 있다. 무엇보다 남자는 세상을 기본적으로 경쟁의 장으로 이해하기 때문에 자기 정보를 노출할수록 경쟁에서 취약한 자리에 서게 된다고 믿는다. 요즈음 같은 정보화사회에서는 잘못 내보인 개인정보 하나가 어떤 곤란을 초래할지 상상할 수 없다. 솔직함이란 곧 사회적 미숙함과 같은 셈이다.

남자들의 거짓말은 또한 상대를 통제하는 전략이기도 하다. 친밀한 대상에게 자기가 보여주고 싶은 모습, 인정받고 싶은 모습을 연출하여 그의 마음을 얻으려는 것이다. 가끔은 거짓말이 적극적인 유혹의 도구로 사용되기도 한다. 여자도 그 정도는 알고 있다. 손에 물 한방울 안 묻히게 해주겠다는 약속을 믿기 때문에 결혼하는 여자는 없다. 선거철이 되면 사람들의 유혹의 언어가 잔칫상 위에 진설된다. 공약을 내거는 사람도 그것을 듣는 사람도 약속이 전부 지켜질 거라 믿지 않는다. 지난 대선 직후 한 중년 남성이 이런 말을 하는 것을 들었다.

"저 여성 대통령께서 공약을 모두 지키려고 하실까봐 걱정이야."

거짓말에 관한 한 남자가 여자보다 한수 위임을 표현하는 말처럼 들렸다.

남자들의 거짓말은 친밀한 관계를 보호하기 위한 방편이기도 하다. 청소년기 남자는 엄마를 상대로, 성인 남자는 주로 연인이나 아내를 상대로 거짓말을 펼친다. 연인과 모든 것을 공유하는 게 사랑이라 믿는 여자들은 남자가 자기 일에 대해 침묵하거나 은폐하는 행동을 이해할 수 없다. 진실을 내놓으라고 다그치기도 한다. 비즈니스 파트너의 거짓말은 문제 삼아야겠지만 친밀한 파트너의 거짓말은 믿어주는 게 좋다. 관계를 지속하고 싶지 않을 때 남자는 진실을 말할 것이다. 다른 여자를 만난다고, 너의 잔소리가 듣기 싫다고.

작은 일에 격하게 반응하는 남자

그는 하늘이 손바닥만 하게 보이는 산골 마을에서 태어나 세가지 소원을 품고 자랐다. 쌀밥을 원 없이 먹어보는 것, 자동차를 맘껏 타보는 것, 큰 도시로 나가 사는 것. 바야흐로 소원을 모두 이루어 스스로 성공한 삶이라 여기고 있었다. 얼마 전 내가 탔던 택시기사 이야기이다.

행복감을 펼쳐 보이던 그의 말이 끊긴 것은 라디오 뉴스에서 보도되는 택시 승차거부 삼진아웃제 때문이었다. 승차거부 세번에 자격 취소라니, 규칙 참 독하다 생각하는데 택시기사가 문득 격앙된 목소리로 욕설을 퍼붓기 시작했다. 권력을 가졌다고 생각하는 이들을 향해, 알고 있는 모든 욕설을 동원하여, 날것의 분노를 무지막지하게 쏟아냈다. 만족감과 행복을 이야기하던 모습은 일순간 사라지고 보이는 것은 격노의 얼굴뿐이었다.

순식간에 우리를 격한 감정 속으로 몰아넣는 주범은 마음 깊은 곳에 있는 무의식이다. 작은 자극에도 마음이 뿌리까지 흔들리고, 사소한 일에도 목숨 걸고 대응하게 만드는 힘도 무의식이다. 다시는 그러지 말아야지 하는 실수를 반복하고, 끊어야지 다짐한 담배를 계속 피우게 만드는 것도 무의식이다. 우리가 자신에 대해 이해하고 인식하는 것까지는 말 그대로 의식의 영역이다. 무의식은 스스로 알아차리지 못하는 내면의 힘이며, 우리 삶을 이끌어가는 진짜 추동력이다.

택시기사가 마음껏 화를 낸 후 진정되기를 기다려 물어보았다. 실제로 승차거부를 많이 하시는지. 그는 솔직히 금요일과 토요일 자정부터 두세 시까지 그런 일이 있다고 말했다. 또 물어보았다. 연세는 어떻게 되시는지. 그는 한국전쟁 즈음에 태어난 사람이었다. 그의 무의식에는 전쟁과 가난에 대한 두려움이 고스란히 들어 있어 삼진아웃제에 대해 듣는 순간 생존을 위협당하는 듯한 공포를 느꼈던 듯하다. 높은 범칙금만으로도 통제가 가능할 텐데 자격까지 취소하는 그 제도 역시 작은 일에 격하게 반응하는 이들의 작품이 아닐까 싶다.

한사람의 삶을 이끌어가는 힘이 무의식이듯 한 사회를 지배하는 힘도 구성원의 무의식일 것이다. 일상 속에서 작은 일에 격하게 분노하는 이들을 자주 목격한다. 바쁜데 앞길을 막는다며 몸을 밀치고 지나가고, 교통체증 앞에서 화를 내고, 영업장 서비스가 마음에 들지 않는다고 목소리 높인다. 그런 분노들이 서로 투사되면서 사회의 위험 수위를 높여간다.

달라이 라마는 세계 평화를 이루는 방법을 묻는 질문에 이렇게 답했다.

"각자 자기 내면의 분노를 다스리는 것."

세상에서 가장 못난 부류의 남자

한 아파트 엘리베이터 앞에서 목격한 장면이다. 유치원에서 아이를 데려오는 젊은 엄마와 딸, 이웃으로 보이는 노인이 엘리베이터를 기다리고 있었다. 노인의 시선은 예닐곱살쯤 되어 보이는 여자아이를 향해 있었는데, 그가 문득 아이 등에 업히듯 몸을 접촉시키며 말했다.

"할아버지 좀 업어줘라."

아이가 몸을 비틀며 명백히 불쾌감을 표현하는데도 노인은 뒤에서 안는 자세를 더 밀착시켰다. 놀라운 것은 아이 엄마의 태도였다. 그녀는 낯을 찡그리는 아이를 나무랐다.

"할아버지가 예쁘다고 그러시잖아."

무지한 어른들 사이에서 고통스러워하던 아이 얼굴이 오래 지워지지 않는다.

아동 성추행에 관해 부족한 인식이 높아지고 있지만 생활 속에 정착되기까지는 요원해 보인다. 심리학자 스티브 비덜프(Steve Biddulph)는 "오스트레일리아에서 어린이들은 대체로 가족이나 친척, 주위 사람들에 의해 여섯명에 한명 꼴로 성추행당한다"고 기록하고 있다. 그의 책을 번역한 이는 저 문장 뒤에 이런 역주를 달았다.

"오스트레일리아에서는 아이가 싫다는데 껴안는 경우나 예쁘다면서 머리를 쓰다듬는 것도 아동 성희롱에 포함된다."

역주를 단 이는 우리 독자에게 이런 상식이 없다는 가정 하에 추가적인 설명을 달았을 것이다.

아동 성추행에 대한 관념뿐 아니라 성범죄 전반에 대한 우리 사회의 규범은 믿을 수 없을 정도로 관대하다. 남성 중심 사회에서, 남성의 성범죄에 대해, 남성 입법자들이 만든 법률은 그 자체가 간혹 여성에게 가해지는 두번째 폭력처럼 보이기도 한다. 경로사상조차 이상한 방식으로 성범죄에 이용당한다. 위에 언급한 아이 엄마처럼 여성 쪽이 그런 점에 더욱 취약해 보이기도 한다. 한 성범죄 피해 여성은 가해자 남성에 대해 진술하면서 '그분께서 이렇게 하셨다'는 극존칭 말투를 사용했다. 그럴 때 우리는 출구 없는 관습의 덫에 갇힌 듯 보인다.

"남자로서 우리가 지켜야 할 첫번째 의무는 성적인 방식으로 아이들과 접촉해서는 안된다는 점이다. 아이들에게, 그들의 성이 폭력적인 지배에 휘둘리지 않는다는 믿음을 주어야 한다."

스티브 비덜프의 말이다. 사실 경로사상은 윗세대가 먼저 아이들을 존중할 때 형성되는 미덕이다. 아동을 상대로 힘을 행사하려는 어른들은 스스로가 약하다는 사실을 인식하고 있다. 그들은 약자를 마음대로 통제할 때에만 내면의 불안감에 닿지 않을 수 있다. 그런 점에서 아동과 여성에게 폭력을 행사하는 남자는 세상에서 가장 못난 부류라 할 수 있다. 확인해보지 않아도 그는 피라미드 권력구조의 가장 아랫면에 자리 잡고 있을 것이다. 심리적으로.

난폭 운전자 남성의 내면 심리

처음 운전을 시작했던 때의 경험이다. 급한 용무가 있어 국도를 규정 속도보다 빠르게 달리고 있었다. 차량 몇대를 추월했다. 어느 순간인가, 내가 추월한 차량 중 한대가 갑자기 가속페달을 밟으며 따라오기 시작했다. 그 차는 중앙선을 침범하면서까지 기어이 내 차를 추월해 지나갔고, 곁을 지날 때는 차창을 내리고 분노에 찬 시선으로 나를 쏘아봤다. 그 차가 따라온다는 사실을 인식한 순간 나는 반사적으로 속도를 늦췄다. 여자에게 추월당했다는 사실을 참을 수 없어하는 남성 운전자를 처음 경험한 이후, 도로에서 도발해오는 그런 이들을 만나면 무조건 양보한다.

도로 위 폭력이 사회문제가 되고 있다. 미디어를 통해 방영되는 짧은 동영상들을 보면 틀림없이 가해자가 미친 것처럼 보인다. 자동차로 오토바이를 밀어버리거나, 갑자기 방향을 틀어 들이받는 행위는 명백히 가해자와 피해자가 구분된 듯 보인다. 하지만 동영상에 생략되어 있는 이전 과정을 유추해보면 가해자가 '꼭지가 돌 때까지' 진행되어온 피해자와의 공격적 상호작용이 있었으리라 짐작된다. 둘 중 한쪽이라도 분노의 경쟁에서 물러났다면 끔찍한 사고로까지 이어지지 않았을 것이다.

도로 위 폭력을 이야기할 때 주로 가해 운전자의 분노조절 장애를 언급한다. 하지만 분노조절 문제 이전에 두 운전자 사이에서 작용해온 나르시시즘의 경쟁이 먼저 있었을 것이다. 타인의 차량이 진로를 방해하거나 앞으로 끼어들거나 추월하는 것조차 참을 수 없어하는 감정은 경쟁심이다. 그 경쟁에서 결코 양보하거나 물러날 줄 모르는 감정은 나르시시즘이다. 자존심을 넘어 '핵존심' 등으로 표현되는 그 나르시시즘이 실은 열등감의 뒷면이라는 게 심리적 진실이다.

경쟁, 공격, 편협 등은 내면이 약한 자들의 특성이다. 외부에서 작은 자극만 가해져도 내면에서 큰 두려움과 혼란을 경험하면서 과잉 반응하는 것이다. 도로 위 폭력사건에는 양측 운전자 모두에게 책임이 있을 거라는 게 개인적인 생각이다. 마지막에 한순가락만큼 더 분노한 사람이 가해자가 될 뿐이다.

여성들과 만나는 자리에서 이따금 물어본다. 운전 중 도발해오는 남자 운전자를 만나면 어떻게 하는지. 여성들은 모두 '피한다'고 답한다.

"더러워서 피한다고 말하고 싶지만 실은 무서워서 피하지. 진짜 무서워."

양보, 겸손, 관용은 마음이 강한 자들의 미덕이다. 경쟁에서 지거나 모욕당해도 마음 중심이 흔들리지 않는 이들의 특성이다. 그렇다고 해서 여성이 더 겸손하고 관대하다는 뜻은 아니다.

부모가 물려주는 유산,
알코올중독

지인 남성의 유럽 여행길 일화를 귀동냥한 일이 있다. 그들 일행이 독일의 어느 식당에 들어가 술을 주문하면서, 알코올 도수가 더 높은 술은 없는지 거듭 물었더니 식당 주인이 되물었다.

"당신들 한국 사람이요?"

이 이야기 역시 술자리에서 나왔고, 센 주량을 자랑하는 대부분의 한국 남자들처럼 그 말투에도 얼마간의 자랑스러움이 묻어 있었다. 술 잘 마시는 것을 자랑으로 여기는 문화에서 비애주가로 사는 열등감 때문에 그렇게 들렸을 수도 있다.

성인 남자들의 새해 목표 중 일순위는 아마도 금주와 금연일 것이다. 목표를 세우면서도 우리는 그것을 이루기 쉽지 않다는 사실을 짐작한다. 오죽하면 작심삼일을 넘기기 위해 삼일마다 새롭게 목표를 세우자는 우스개까지 있겠는가.

술이나 담배를 끊기 어려운 이유는 그것이 단지 술, 담배의 문제가 아니기 때문이다. 음주나 흡연은 마음 깊은 곳의 불안, 수치심, 공허감 등과 관련되어 있다. 술을 마시고 담배를 피우는 순간 우리는 내면의 불안이 가라앉고 공허감이 잠시 충족된 듯 느낀다. 도박, 섹스, 속도감 등 우리가 의존하는 중독대상들은 모두 동일한 심리적 용도로 사용된다.

미국 심리학자 존 브래드쇼(John Bradshaw)는 자신이 알코올중독임을 인정하고 '12단계 프로그램'에 따라 술을 끊었다. 하지만 단지 술만 끊었을 뿐이었다고 회고한다.

"비록 알코올중독에서 회복되었지만 나는 여전히 심하게 강박적이었고 그런 성향으로 인해 삶에 문제를 일으키고 있었다. 강박적으로 일하고 구매하고 흡연했다. 하루 열두잔의 커피를 마셨고, 흥분과 재미를 주는 속도감에 몰입했다. 그 사실을 깨달은 후 중독 성격을 다시 치료받기 시작했다."

강박적 의존 성격을 치료받으며 존 브래드쇼가 알아차린 사실은 자신이 겪는 심리적 문제들이 알코올중독 가정에서 자란 성인들의 공통된 심리 특성이라는 것이었다. 흥분 중독, 지나친 책임감, 친밀감에서 범하는 오류, 인정 욕구, 자기비하 등등.

금주 금연이 어려운 진짜 이유는 그것이 부모로부터 물려받은 유산이기 때문일 것이다. 알코올중독 부모의 자녀 중 술을 못하는 이들은 단맛에 중독되기 쉽다고 한다. 알코올과 설탕의 분자구조가 비슷하기 때문이라는 것이다. 중독 성향이 인성의 일부가 되어 있어 문제로 인식하지 못하며, 어쨌든 유산이기에 소중히 여기고 싶을 것이다. 술을 권하고, 주량을 자랑하고, 취중 잘못에 대해 서로 관대한 우리 사회는 언제부터 그런 유산을 대물림해온 걸까 생각해보게 된다.

부끄러움을
느끼고 표현하는 방법

생떽쥐뻬리(Antoine de Saint-Exupéry)의 『어린 왕자』(*Le Petit Prince*)는 누구나 읽어본 동화일 것이다. 어린 왕자가 여행하는 한 행성에는 술주정뱅이 사내가 살고 있다. 어린 왕자는 그에게 왜 술을 마시느냐고 묻는다.

"잊기 위해서란다."

사내의 대답에 어린 왕자는 무엇을 잊으려 하느냐고 묻는다.

"부끄러움을 잊기 위해서지."

무엇이 부끄러운지 다시 묻는다.

"술 마시는 것이 부끄럽단다."

어린 왕자는 어른을 이해하기 어렵다고 생각하며 길을 떠난다.

정신분석학에서 부끄러움은 초자아가 울리는 경고음이라고 해석한다. 초자아는 부모의 목소리가 내면화되어 만들어지는 자아 감독 기관인데, 우리의 충동이나 욕구에 대해 옳고 그름을 판단하는 기능을 한다. 부끄러움을 느낀다는 것은 양심이 잘 작동하고 있다는 의미이다.

기독교 문화를 배경으로 태동한 정신분석학은 죄의식과 수치심이 유아기 성 충동과 관련하여 형성된다는 연구를 특히 많이 내놓고 있다. 한편 수치심이 이상화된 자기 이미지와 현실 속 자기 모습 사이의 간극에서 비롯된다는 이론도 있다. 그런 이들은 냉철한 현실 인식을 바탕으로 '내가 옳고 선하고 정당하다'는 나르시시즘적 자기 이미지를 개선해야 한다고 조언한다. 어떤 심리학자는 수치심이 부모에게서 자녀에게로 대물림되는 감정이라고 제안한다. 부모가 자녀를 야단칠 때마다 부모의 부정적 감정이 아이에게 떠넘겨져서, 야단맞는 아이의 내면에는 근거 없는 모욕감과 수치심이 성격의 일부로 자리 잡게 된다.

경로야 어떻든, 유년기에 형성된 수치심과 죄의식은 성인이 된 후의 삶에서 다양한 방식으로 표출된다. 잘못된 행동 앞에서 자신의 잘못을 인식하면서 온몸이 염장되는 듯한 부끄러움의 시간을 정면으로 통과하는 이들이 있다. 그들은 심리적으로 건강한 부류이다. 부끄러운 행동이나 감정을 마주할 용기가 없어 그 감정으로부터 도망치는 이들도 있다. 그들은 『어린 왕자』의 인물처럼 알코올 같은 중독물질에 의지해 수치심을 회피한다. 그보다 나쁜 방법은 그 감정을 타인에게 투사하는 일이다. 부끄러움과 슬픔을 느끼는 이들을 비난하고 손가락질하면서 자기 내면의 감정들을 외부로 집어던진다. 그런 이들이야말로 인식할 수도, 인정할 수도 없는 죄의식과 수치심에 추동당하면서 내면에서 가장 고통받는 이들이다.

어떤 종류의 감정이든 회피하거나 투사한 내용물은 반드시 당사자에게 되돌아온다. 우리 사회에서는 청소년들이 고통받는 사건이 많이 발생하고 있다. 그때마다 어른으로서 부끄러움을 느낀다. 한세기 동안 외면해온 수치심과 죄의식이 한꺼번에 되돌아오는 듯 느껴질 만큼.

무의식은
나이를 먹지 않는다

개인적으로 의아하게 생각하는 우리 사회의 슬로건이 하나 있다. '젊게 살자'가 그것이다. 우주만물이 시간 흐름에 따라 변화하는데, 자연의 일부인 인간도 그래야 하는 게 아닐까 혼자 생각한다. 자연법칙을 거슬러 문명을 쌓은 인간은 늙지 않는 일을 문명의 혜택처럼 향유하려 한다. 신체적으로 건강한 상태를 유지하기 위해 애쓰는 일, 정신적으로 편협한 인식 속에 자신을 가두지 않으려는 노력이야 나쁠 게 없다. 하지만 젊게 살자고 외치는 이들은 젊음이라 여기는 태도와 취향을 세워놓고 무작정 그것을 따르려는 경향을 보인다. 사회적 역할이나 나이에 어울리지 않은 옷차림과 취미활동을 즐기며 그것을 젊음이라 여긴다.

심리학에서 사용하는 간단한 테스트가 있다. 상담 공간이나 치유 모임처럼 내면으로 집중해 있는 상태에서 묻는다.

"본인이 몇살처럼 느껴지십니까?"

내면 목소리를 유도하기 위해 '즉각, 셋 셀 때까지 답하라'는 조건을 붙인다. 실험 결과는 놀랍다. 신체 나이와 동일한 내면 나이를 말하는 사람은 아무도 없다. 삼십대 후반 여성이 '열일곱!'이라고 외치고, 쉰살 넘은 남성이 '열두살'이라 답한다. 내면 나이가 스물다섯살을 넘기는 경우도 드물다.

정신분석학은 '무의식은 시간의 흐름을 인식하지 못한다'는 사실을 공식화하고 있다. 인간 내면에는 당사자가 감당할 수 없어 회피한 감정

덩어리들이 무의식 형태로 쌓여 있고, 무의식의 핵심에는 해결하지 못한 트라우마가 자리 잡고 있다. 쉰살이 넘었음에도 스스로를 열두살처럼 느끼는 마음 작용이 그곳에서 비롯된다. 그리하여 우리는 예순살에도 첫사랑 같은 로맨스를 꿈꾸고, 일흔살에도 환경이 불편하면 아이처럼 화낸다. 무의식은 시간뿐 아니라 공간도 인식하지 못한다. 그래서 무의식의 욕구나 불만이 표출될 때는 상황이나 대상을 고려할 줄 모른다.

내면의 트라우마에 고착되어 젊은 상태를 유지하기 원하는 이들이 불행한 이유는 심리적 어른이 되지 못하기 때문이다. 누군가가 돌봐주고 지지해주기 바라면서 의존적인 내면상태에 머문다는 점이다. '젊게 살자'는 주장이 혹시 스물다섯살이 되지 못한, 상처를 치유하지 못한 우리의 내면 목소리가 아닐까 짚어보게 되는 지점이다.

가장 나쁜 남자가 가장 아프다

윌리엄 골딩(William Golding)의 『파리대왕』(*Lord of the Flies*)은 인간의 야만성을 잘 보여주고 있어 내가 자주 인용하는 문학작품이다. 이 소설은 비행기 사고로 태평양의 무인도에 불시착한 소년들의 이야기로 시작된다. 연장자인 랠프는 다섯살부터 열두살 사이 평범한 소년들로 구성된 이 집단을 이끌며 산꼭대기에 봉화를 피우고 바닷가에 오두막을 짓는다. 구조대가 올 때까지 모두를 안전하게 보호하고자 한다. 하지만 경쟁자 잭은 자신을 따르는 소년들을 데리고 나가 멧돼지 사냥을 하고 고기를 구우며 축제를 벌인다. 잭의 무리는 한 소년을 짐승으로 오인하여 죽이고, 불 피우는 도구인 안경을 뺏기 위해 또다른 소년을 죽인다. 마지막에 그들은 랠프를 사냥하기 위해 섬 전체를 무대로 필사의 추격전을 벌인다. 작가는 한 무리 소년들을 무인도에 데려다놓고 묻는다. 인간과 야만은 얼마나 차이가 있는가.

군대는 위계가 분명한 집단이다. 그곳에서 일어나는 폭력 사건은 자주 인간과 야만의 차이에 대해 생각하게 만든다. 인류의 진화 과정에서 생명체가 살아남기 위해 꼭 필요한 두가지 기능이 성욕과 공격성이었으니, 지금 이곳에 살아 있는 이들이 인류 역사상 가장 섹시하고 폭력적인 종족일 거라 생각해봐도 위안이 되지 않는다. 우리 현대사에서 식민지, 전쟁, 가난 등 불행한 경험이 사회 구성원에게 떠안긴 격분, 박해감, 결핍감 등이 제대로 인식되고 보살펴지지 않았다는 사실을 떠올려봐도 답답

하긴 마찬가지이다. 경험 주체들이 해결하지 못한 심리적 문제들이 다음 세대에 대물림되면서 점차 강화되는 현상만 두드러져 보일 뿐이다. 여자와 아이들을 상대로 행하는 남자들의 폭력이 범죄라는 사실을 인식해나가는 동안 우리가 중요한 사실을 간과한 듯도 하다. 남자가 남자에게 행하는 폭력도 경쟁이나 위계 정립이 아니라 단지 범죄일 뿐이라는 사실을 적극적으로 말했어야 하는 게 아닌가.

늘 그렇게 생각해왔다. 가장 나쁜 사람이 가장 아픈 사람이라고. 폭력적이고 괴팍하다고 손가락질 받는 사람들 내면을 들여다보면 그가 성장기에 중요한 양육자로부터 그와 같은 것을 받았음을 확인하게 된다. 성장기 아이에게 단 한명의 어른이라도 따뜻한 눈길을 주고, 이야기에 귀 기울여주고, 잠재력을 믿고 격려해주는 사람이 있었다면 아픈 사람이 나쁜 사람으로 변화하지 않았을 것이다. 우리 사회가 마음의 문제를 인식하고 보살피기 시작한 지 십년이 조금 넘었다. 이즈음에는 남자들도 내면에 마음이라는 것이 있으며 그것이 가장 힘이 세다는 사실을 받아들이는 듯하다. 아픈 남자가 나쁜 남자가 되지 않도록 개인의 인식과 사회 시스템이 함께 변화해야 할 것이다.

2장

가장과 아버지의 이름으로

결혼 앞에서 망설이는 남자

처음 보았을 때 그는 삼십대 초반의 핸섬한 남자였다. 주변에 그를 눈여겨보는 또래 여자들이 몇명 있었지만 그는 우아하고 지적인 엄마와 남달리 친밀한 관계를 맺고 있었다. 엄마와 외출하여 영화를 관람했고, 엄마와 팔짱 끼고 산책하며 대화하는 일을 즐겼다. 그는 그 모든 행동을 효도라 여기는 듯했다. 물론 그도 몇명의 여자를 사귀었지만 그의 연애는 늘 결과가 좋지 않았다. 그는 여자 보는 기준이 높기 때문이라 짐작하면서 엄마 같은 여자를 찾는 건 포기했다고 말했다. 처음 본 이후 십년 이상 지난 지금, 그는 여전히 노총각이다.

결혼 연령대가 갈수록 늦어지고 있다. 사회생활을 시작해 경제적으로 자립할 수 있는 나이가 늦춰지기 때문이라는 분석이 있다. 젊은이들의 사고가 변화한 탓인 듯도 하다. 가정을 이뤄 유전자를 남기는 일이 생의 궁극적 목표는 아니라고 생각하는 이들은 정부가 쏟아내는 유인책에 속지 않는다. 이십년 전쯤에는 여자들이 결혼제도의 불평등함을 거론하며 결혼을 거부하는 분위기였다면 요즈음은 남자들이 결혼제도 안에 있는 책임과 의무를 부담스러워한다.

그런 표면적인 이유들 배면에는 또다른 심리적 요인이 자리 잡고 있다. 성장기에 부모로부터 지나치게 무거운 책임을 부여받고, 실제로 그런 역할을 했던 남자의 내면에는 결혼을 부담스러워하는 무의식이 형성된다. 특히 젊은 엄마들은 아들에게 심리적으로 의존하려는 성향을 많이 보인다. 어린 아들을 붙잡고 엄마를 사랑하는지 확인하고, 백화점에서 원피스를 몸에 대보이며 예쁜지를 묻는다. 아들의 여자친구에 대해 캐물으며 은근한 질투심을 표현하고, 부재하는 남편을 대신해 가장 역할을 떠안긴다. 가사노동, 심부름부터 엄마를 지켜달라는 무거운 요구까지. 심지어 어린 아들을 붙잡고 외로움과 슬픔을 하소연하며 이렇게 말하기도 한다.

"엄마에게 위로가 되는 사람은 우리 아들밖에 없어."

의존적 엄마와 상호작용하면서 자란 아들은 정작 본인이 결혼할 때가 되면 이미 결혼생활에 지친 듯한 심정이 된다. 여자친구가 결혼 이야기를 내비치면 놀란 듯 뒷걸음질 친다. 엄마를 향해 표현하지 못한 부정적 감정들이 무의식적으로 여자친구를 향해 표출되기 때문에 친밀한 관계를 맺기도 어렵다. 그런 젊은이들을 어른 되기 거부하는 피터팬 같다고 비난하는 기성세대들이 없지 않다. 바로 그 어른들이 자녀를 어린 시절부터 심리적으로 착취하여 성장하지 못하도록 만든 당사자들이다.

내면의 아버지를 떠나보내기 위해서

그는 이혼한 부모를 둔 막내아들이었다. 엄마 밑에서 성장하며 아버지는 아예 없는 사람이라 여겼다. 내면에서 아버지를 향한 분노를 인식하고 있었기에 결코 아버지 같은 아버지는 되지 않겠다고 결심했다. 하지만 결혼 후 그는 아들에게 자신과 같은 경험을 물려주고 말았다. 아버지처럼 살지 않겠다고 되뇌었는데 자신이 왜 아버지처럼 되었는지 그는 궁금해했다.

아버지처럼 살지 않기 위해서는 내면에 있는 아버지를 떠나보내야 한다. 아버지에 대해 특별한 감정을 품고 있는 한 계속 아버지 영향을 받는 셈이며 아버지처럼 살게 될 확률도 높아진다. 아버지를 떠나보내기 위해서 우선 아버지의 삶을 객관적으로 인식할 필요가 있다. 폭력적인 아버지든, 방기하는 아버지든 그에게는 그럴 만한 이유가 있었을 것이다. 그 역시 아버지로부터 그것을 물려받았거나, 불행한 환경 속에서 왜곡되었을 것이다. 다소나마 아버지의 삶이 이해된다면 비로소 아버지를 떠나보낼 준비가 된 셈이다.

다음에는 아버지에 대한 그릇된 인식을 바로잡아야 한다. 엄마의 영향력 아래서 자란 아들은 엄마의 눈으로 아버지를 바라보는 경우가 많다. 엄마가 품은 남편에 대한 불신과 분노가 고스란히 아들 내면에 심긴다. 심리치료를 받은 한 남자는 내면에 있는 오래된 엄마 목소리를 제거하자 이전과는 전혀 다른 아버지 모습이 보이더라고 했다. 그는 오래도록 만난 적 없는 아버지를 찾아가 말했다.

"이제는 엄마의 눈으로 아버지를 보지 않을 거예요."

그의 아버지는 눈물을 흘렸다.

내면의 아버지를 떠나보내기 위해서는 마지막으로 아버지에게 의존하고자 하는 마음을 끊어내야 한다. 아직도 아버지가 무엇인가를 해주기 바라는 무의식을 알아차리고, 좋은 아버지 환상을 투사하는 행위도 중단해야 한다. 양육자에 대한 기대나 실망이 없는 마음상태에 도달해야 의존성에서 벗어나 진정한 어른이 되었다고 할 수 있다.

깊은 성찰과 치유 과정을 거쳐 마음의 평화를 얻었다는 한 청년이 물었다. 자신이 경험한 것을 부모님께도 드리고 싶은데 방법이 없는지. 나는 없다고 대답했다. 본인이 스스로 노력하지 않는 한 누구도 타인의 마음을 변화시킬 수 없다. 그 대신 청년에게 말해주었다. 부모님이 달라지기를 소망하는 그 마음속 의존성을 먼저 알아차리는 게 나을 거라고. 그렇게 되어야 비로소 아들에게 말해줄 수 있다.

"내가 아버지에게서 받은 것이 무엇이든 그것은 내가 해결하고 너희에게 물려주지 않겠다. 가족의 어떤 과거도 너희 미래를 방해하지 않도록 하겠다."

자기를 사랑하지 않는 남자의 마음

가끔, 만취하여 길가에 몸을 부려놓은 사람을 보면 이런 생각이 떠오른다. 저 사람은 왜 자신을 사랑하지 않을까. 자기를 사랑하는 사람이라면 사람들 발길에 차이는 곳에 몸을 방치하지 않을 것이다. 스릴을 즐긴다는 명목으로 위험을 무릅쓰고, 관계 사이를 오가며 정서를 고갈시키고, 세상을 욕하고 타인을 비난하면서 생을 낭비하는 사람들의 행동을 볼 때도 생각한다. 왜 자신을 사랑하지 않을까.

유년기에 엄마의 사랑을 충분히 받고 자란 아기는 안정된 정서를 가진 건강한 사람이 된다고 한다. 우리나라 남자들은 대체로 엄마의 유난스러운 사랑과 관심을 받고 자란다. 그러기에 의문이 깊어진다. 왜 어떤 남자들은 성인이 된 후에도 여전히 외부에 있는 여자에게서 좋은 것들을 받아야 한다고 믿을까. 자기중심적 선택, 근거 없는 자신감과 자기를 사랑하는 행위를 구별하지 못하는 걸까. 그들이 받았던 엄마의 사랑에 혹시 나쁜 것이 섞여 있던 것은 아닐까.

가부장적인 사회에서 아들이 태어나면 가장 기뻐하는 사람은 엄마 본인이었다. 우선 기본적인 임무를 수행했다는 홀가분함이 있다. 집안의 대를 이어주고, 남편의 불멸 욕망을 충족시켰으니 이제는 기를 펴도 된다고 느낀다. 또한 아들의 엄마로서 생존 근거를 얻었으며, 노년까지 유효한 보험이 생겼다고 믿는다. 의식 차원에서 아들은 엄마의 존재증명이 되는 셈이다.

무의식 차원에서 아들은 여성들 내면 깊숙이 자리 잡고 있는 '페니스 엔비(penis envy)'를 보상받는 기회가 된다. 여성은 아들을 낳으면 '나도 드디어 페니스를 가졌다'고 생각한다. 실제로 어떤 엄마는 '아들 고추가 미학적으로 얼마나 아름다운지, 마치 금강초롱꽃 같더라'고 표현했다. 아들 탄생을 기뻐하는 엄마 마음은 기본적으로 자신의 생존에 유익한 대상을 사랑하는 마음과 같다. 그러니 평생을 두고 아들이 받은 엄마 사랑에는 아들이 불편해하고 부담스러워할 만한 요소가 충분히 들어 있었을 것이다.

고부간의 갈등은 아들을 놓고 엄마와 아내가 벌이는 사랑 경쟁이다. 아들을 존재증명처럼 여기는 엄마는 성인이 된 아들을 떠나보내지 못한다. 아내는 이제부터 남편의 모든 것을 자기 것처럼 여기며 그의 사랑을 독점하고자 한다. 그 사이에 있는 남자는 자신을 사랑한다고 믿는 두 여자 사이에서 눈치 살피며, 자기파괴적 행동을 할 것이다.

'시월드'가 배경인 드라마를 볼 때마다 남녀가 서로 다른 입장에서 대리만족이나 감정이입을 하는 것 같다. 그동안 읽은 모든 세계 문학, 외국 영화, 해외 사례들을 떠올려봐도 우리의 고부 갈등 같은 흥미로운 스토리를 본 기억이 없다. 정신분석적으로 그것은 오이디푸스적인 금기 영역의 이야기다.

좋은 남자의 나쁜 행동

한 심리학자가 공중화장실에서 경험한 이야기를 읽었다. 그는 칸막이 너머에서 아버지가 아들에게 하는 이야기를 들었다.

“네가 짜증낼 이유가 없잖아. 여러사람 앞에서 왜 그렇게 행동하니? 지금은 그냥 넘어가지만 조금 더 크면 회초리감이야.”

호기심이 발동한 심리학자는 몰래 칸막이 틈으로 건너다보았다. 젊은 아빠는 백일도 안되어 보이는 아기에게 꾸지람을 하고 있었다.

심리학자 데이비드 웩슬러(David Wechsler)는 그런 사례를 제시하면서 ‘좋은 남자의 나쁜 행동’이라는 명제를 제안한다. 그 젊은 아빠는 아기를 사랑하고 직접 돌보는 좋은 아빠지만 그가 하는 행동은 아기 입장에 대한 공감이 전혀 없는 나쁜 행동이다. 알아듣지도 못하는 아기를 향해 자기의 불평불만을 쏟아내면서 아기의 미래까지 위협하는 행동인 셈이다. 데이비드 웩슬러는 자신이 아는 많은 아버지가 그와 같다고 말한다. 좋은 아버지가 되려고 무척 애쓰지만 아들 입장에서는 수치심이 느껴지는 나쁜 행동을 한다. 그 아버지 역시 아버지로부터 받은 나쁜 양육의 경험이 무의식에 깃들어 있어 그리한다는 것이다.

외국 심리학 책에서는 아버지에게 상처 입은 남자들의 토로를 자주 만나게 된다. 식탁 위에서 아버지가 받아주기를 기대하며 뛰어내렸는데, 아버지가 몸을 피하는 바람에 머리를 방바닥에 찧은 사례가 있었다. 그 아버지는 머리에서 피 흘리는 여섯살짜리 아들에게 이렇게 말했다.

"세상은 네가 기대하는 것처럼 온정적이지 않아."

프로 테니스 선수인 아버지를 둔 남자가 있다. 그 아버지는 아들의 실력을 키워준다는 명목으로 아들과 테니스를 치며 늘 아들을 이겼다. 아들의 실력을 비판하고 조롱하기도 했다. 열심히 노력한 아들이 마침내 아버지를 이겼을 때, 그날 이후 아버지는 다시는 아들과 경기를 하지 않았다. 아버지의 칭찬을 기대했던 아들은 깊은 절망과 죄의식을 느꼈다.

아버지로부터 상처받은 아들은 아버지와는 다른 아버지가 되겠다고 결심한다. 하지만 그들은 자신이 좋은 아버지가 아니라는 것을 알아차리고 있다. 그토록 다짐했으면서도 왜 아버지에게서 받은 학대나 모멸감을 아들에게 건네주는지 알고 싶어한다.

십년쯤 전 외국에서 출간된 책들의 사례인데 요즈음 우리 현실과 비슷해 보인다. 아버지 세대에게서 받은 양육이 옳지 않았다고 느끼는 젊은 아빠들이 좋은 아버지가 되고자 노력하고 있다. 아버지 역할을 배우는 등 여러면에서 애쓰지만 그들 내면의 '나쁜 아버지 경험'이 무의식적으로 아들에게 표현되는 것도 보인다. 좋은 아버지가 되기 위해서라도, 남자들이 그토록 싫어하는 내면 성찰과 마음 치유가 선행되어야 한다.

남자는 역할로써 존재한다

명절을 앞두고 발생하는 특별한 범죄가 있다. 귀향 비용을 마련하기 위한 절도, 강도 등이다. 귀향 비용이란 단순히 왕복 교통비가 아닐 것이다. 명절을 쇠기 위한 부대 비용, 부모님께 드릴 선물, 고향 어른들께 객지에서 잘살고 있다는 사실을 은근히 표시할 수 있는 인사 비용까지 포함될 것이다. 그런 종류의 범죄에 대해 들을 때마다 의아한 생각이 들었다. 그렇게 하면서까지 고향에 가야 하는 걸까. 남자들이 어깨에 떠맡는 책임감이나 임무에 대해 어떻게 생각하는지 모르던 시절 의문이었다.

남자는 특정한 역할을 해냄으로써 존재를 입증하고 관계를 맺어나간다. 아들 역할, 가장 역할이 아니라면 친밀한 대상들과 어떻게 함께 지내야 할지 알지 못한다. 심지어 남자들은 그 역할을 충실히 해내는 것을 사랑을 표현하는 방식이라고 믿는다.

남자의 '역할 떠맡기'는 그 뿌리가 깊다. 어린 시절부터 남자아이들은 부모를 위해 어떤 역할을 하려고 한다. 열심히 공부해서 가난한 집안의 경제적 어려움을 해결하고자 하는 소망을 품고, 훌륭한 의사가 되어 병약한 엄마를 건강하게 보살피고자 한다. 사회에서 초라해 보이는 아버지가 부끄러울 때면 꼭 성공해서 아버지가 받은 설움을 보상받겠다고 다짐한다. 성장기 동안 남자 아이들은 나중에 그들이 해야 하는 역할을 찾아낸다.

역할로써 관계 맺는 방식은 성인이 된 후에도 계속된다. 직장에서는 근로자 역할, 가정에서는 아버지와 남편 역할을 한다. 명절에 귀향하면 아들 역할을 하고 고향 친구라도 만나면 우정 넘치는 친구 역할도 해낸다. 그 역할들을 헛갈리지 않고 잘 해내는 것을 유능하다고 믿으며, 심지어 그 역할들을 자기 자신이라 여기기도 한다.

한 남자는 연애 시절에 파트너 여성이 '가난한 남자와는 결혼하지 않겠다'고 강조하는 말을 들었다. 결혼 후 그는 아내 소원대로 부자 남편이 되기 위해 최선을 다했다. 결국 회사 돈에 손을 댔고 공금횡령죄로 감옥에 갔다. 현실감 없는 얘기지만 외국 심리학 책에서 읽은 내용이다. 심지어 어떤 남자들은 책임감이 너무나 무거운 나머지 모든 것을 허물처럼 벗어놓고 달아난다.

또 하나 믿어지지 않는 사실은 남편이 혼신의 힘을 기울여 해내는 역할을 아내는 사랑이라고 생각하지 않는다는 점이다. 그것은 당연히 해야 하는 일일 뿐 사랑과는 별개라고 계산하면서 늘 마음이 허전하다고 호소한다. 그래도 요즈음은 명절을 앞둔 범죄나, 남자들이 과도하게 책임을 떠맡으려는 현상이 줄어드는 듯 보인다. 남녀가 평등하게 공존하는 길로 나아가는 현상처럼 보여 혼자 안도감을 느낀다.

여자를 즐겁게 해주려는 남자의 소망

나는 텔레비전 코미디 프로그램의 열혈 시청자이다. 최신 유행어 대사가 일상에서 문득 튀어나올 정도로 깊숙이 개그 프로그램을 시청한다. 몸과 마음이 이완되는 유쾌함 속에서 코미디를 보다가도 문득 프로그램 제작자들의 긴장감은 어느 정도일까 짚어보게 된다. 매주 새로운 아이디어를 생각해내고, 그것을 무대 위에서 표현하여, 적절한 순간 관객의 반향을 이끌어내는 것. 그것은 타고난 재능이 아니라면 수행하기 힘든 과제처럼 보인다.

한 개인의 정신 형성에 성장기 부모 환경이 중요한 역할을 한다는 사실은 이제 상식이다. 가족 내에서 자녀들이 부모 환경에 맞추어 특정한 역할을 떠맡는다는 연구 결과도 있다. 가령 어떤 아이들은 가족의 구원자 영웅 역할을 자처한다. 그는 열심히 공부하고 출세해서 온 가족을 가난이나 불행으로부터 구제하겠다는 소망을 품은 채 성장한다. 엄마의 남편 역할을 떠맡는 아이도 있다. 그런 아이는 남편의 관심이 적다는 이유로 외로움을 토로하는 엄마의 쇼핑에 동행하고 가사노동을 돕는다. 아이의 소망에는 성의 구분도 존재하지 않는다. 실제로 한 여성이 '엄마의 남편이 되고 싶었다'는 소망을 말하는 것을 들은 적이 있다.

어떤 아이는 집안의 희생자 역할을 떠맡는다. 훌륭한 부모와 모범생인 형제 사이에서 유독 말썽꾸러기 반항아가 된다. 그는 가족 구성원이 외면하는 부정적 감정들을 온몸으로 떠맡아 희생자 왕따 역할을 하는 셈이다. 또 어떤 아이는 가족의 마스코트나 어릿광대 역할을 맡는다. 우울하거나 슬픈 엄마를 위로하고, 긴장과 갈등상태인 집안 분위기를 바꾸기 위해 가족을 웃게 하고자 애쓴다. 부모가 웃고 집안에 평화가 유지된다면 자기를 망가뜨리는 일도 서슴지 않는다. 예전 개그맨들이 바보 분장을 한 채 넘어지고 미끄러지면서 웃음을 만들어냈던 것처럼.

처음부터 남을 웃기는 재능을 타고나는 사람은 없다. 우리가 재능이라고 알고 있는 것 역시 성격이나 성향처럼 부모 환경에 적응하기 위해 선택한 생존법일 경우가 많다. 아이가 스스로 특정 역할을 떠맡기 전에 부모의 의식적 무의식적 요구가 먼저 있었음은 물론이다.

요즈음도 여자 마음을 얻기 위해 유머감각을 익히거나 데이트에서 써먹을 농담 몇가지 챙기는 남자를 본다. 만약 내게 소중한 사람이 나를 즐겁게 하기 위해 어릿광대짓을 한다면 오히려 마음이 아플 것 같다. 그렇게까지 하지 않아도 당신을 사랑한다고 말해주고 싶을 것이다.

젊은 남자들의 여성 공포증

삼십대 후반인 그 남자는 아내가 두렵다고 고백했다. 긴 연애 끝에 결혼했지만 결혼 직후부터 격렬한 부부싸움을 시작했다. 싸울 때마다 그는 자신이 패배자라고 느꼈다. 늘 아내에게 자기 언행을 변명하는 입장이 되었고, 아내의 가학적 언어 앞에서 자기 행동이 그토록 비난받을 일인지 생각해보곤 했다. 아내가 가방을 집어 던지며 나가라고 소리지르면 그는 여행가방 바퀴 구르는 소리와 함께 집을 나섰다.

그의 사례처럼 요즈음은 여자가 무섭다고 말하는 남자를 드물지 않게 만난다. 예전에도 스스로를 공처가(恐妻家)나 경처자(驚妻家)라 정의하는 남자가 없지 않았지만 당시에는 농담의 의미가 컸던 것으로 기억된다. 아내의 언행을 양해하고 봐준다는 관대함을 담아 그런 이야기를 했다. 하지만 요즈음 젊은 남자가 아내나 여자친구가 무섭다고 말할 때 그 얼굴에는 웃음기가 없다.

사실 남자의 여성 공포증은 그 역사가 깊다. 예전 남자들은 공포심을 마음 깊이 억압한 채 반대 방식으로 감정을 표현했다. 니체가 지독하게 여성을 경멸했던 것, 똘스또이가 아내를 악처로 만들었던 일이 여성 공포증의 표출임은 이미 알려진 사실이다. 중세의 마녀사냥 역시 여성 공포증의 산물이었다. 대부분의 남자 내면에는 거세하는 잔인한 어머니에 대한 잠재적 두려움이 있다고 한다. 유아기 환상 속에서 아기는 어머니의 몸을 착취한 보복으로 어머니에게 거절당하고 방치될지도 모른다는 두려움을 갖게 된다. 안정감을 주는 양육을 통해 그 불안감이 해소되지 않으면 내면에 여자에 대한 두려움이 형성된다.

젊은 남자가 여자가 두렵다고 말할 때 그들과 관계 맺는 여자가 직접 제공하는 원인도 없지 않을 것이다. 주체성과 경제력으로 무장한 젊은 여자들은 남자의 부당한 행동을 참지 않는다. 하지만 현실의 여자에게서 비롯되는 두려움은 빙산의 일각일 뿐 여성 공포심의 실체는 남자 내면에 형성된 유아기 환상에 뿌리를 둔다. 그들에게는 아기에게 엄격한 훈육을 하거나 상벌에 일관성 없는 불안한 엄마가 있었을 것이다. 무엇보다 아기의 원초적 공격성을 버티어주지 못하는 약한 엄마가 있었을 것이다. 약한 엄마는 아기가 쏟아내는 불편한 감정들을 소화시켜 좋은 것으로 돌려주는 역할을 못하기 때문에 아기 내면에 불안감이 고착되게 한다. 그런 아기는 성인이 된 후 가학적이고 통제적인 여성 환상으로 고통받으면서도 십중팔구 그와 같은 여성에게 매혹을 느낀다. 용케도 자신의 환상을 충족시켜줄 여자를 찾아낸다.

여자의 성공을
두려워하는 남자

사석에서 한 사십대 여성이 물었다.

"남자들은 왜 여자의 성공을 두려워할까요?"

일반화할 수는 없는 명제지만 심정적으로 많은 이들이 동의하는 속설일 것이다. 질문한 여성은 인테리어 사업을 시작했는데 기대 이상으로 일이 잘 풀려 남편보다 큰 성취를 이루게 되었다고 한다. 그때부터 부부 사이에 균열이 생겼고, 봉합되지 못한 갈등이 커져 결국 이혼에 이르렀다.

사실 남자는 여자의 성공뿐 아니라 모든 타인의 성공을 싫어한다. 세상을 경쟁구도로 파악하면서 늘 경쟁상태에 있기 때문에 누군가가 승리했다는 사실을 곧 자신의 패배로 인식한다. 세상을 피라미드 구조로 파악하는 남자들은 특히 그 피라미드 권력구조에 처음부터 여자를 포함하지 않았다. 지극히 개인적인 생각이지만, 사회의 피라미드 조직 가장 밑면에 자리하고 있는 남자조차 자신이 여자보다는 우월하다고 여긴다. 그런 인식을 가지고 있는 남자는 여성과의 경쟁 그 자체를 자존심 상하는 일이라 생각한다. 당연히 여자의 성공이 의미하는 상대적 패배를 견딜 수 없을 것이다.

오히려 남자는 여자가 바깥세상에서 경쟁을 끝내고 돌아갔을 때 편안하게 쉴 수 있는 대상이 되어주기를 바란다. 가정에서 아내의 보살핌을 받으며 싸움에서 다친 심신을 회복하고 다시 세상으로 나갈 힘을 얻고

싫어한다. 아내가 자신보다 돈을 많이 벌면 가정의 패권을 두고 아내와 다투는 느낌을 갖게 되고, 아내가 일에서 자신보다 성공하면 상대적 열패감까지 안게 된다.

남자가 여자에게 돌아가 쉰다는 말 속에는 성적 소통의 의미도 포함되어 있다. 남자는 언어 대신 행동으로, 그중에서도 성적 행위로 긴장된 심신을 이완시키고 친밀감을 표현한다. 남자의 성 기관은 여자가 상상할 수 없을 정도로 예민하게 마음과 직결되어 있다. 아내에게 생활비를 주면서 큰소리칠 수 있을 때는 성 기관이 잘 작동하지만 아내에게 경쟁심이나 위축감을 느끼면 성 기관 작동에 오류가 생긴다. 그런 이유에서도 남자는 아내가 온전히 자신의 권력 아래 통제받는 존재로 남기를 바란다.

이런 이야기는 가부장제 흔적이 몸에 밴 중년 이상 남자들의 일일지도 모른다. 요즈음 젊은 남자들은 아내가 돈을 많이 벌수록 좋고, 아내의 성공을 지지해줄 용의가 있다고 말한다. 세대 차이가 아니라 개인 차이일지도 모르겠다. 내면의 경쟁심이나 열패감을 성숙하게 처리할 줄 모르는 남자만이 아내의 성공을 두려워하는 게 아닐까. 자기 문제를 아내에게 투사하면서.

여자의 결핍감과
경쟁하는 남자들

"왜 여자들은 그토록 쇼핑에 목매는 건가요?"

중년의 성공한 사업가 남성이 그런 질문을 했다. 그는 결혼 초기에는 아내의 쇼핑에 동행했으나 이제는 신용카드만 준다고 말했다. 그의 친구는 여전히 아내의 쇼핑에 따라다니는데, 그 이유는 지나치게 비싼 물건을 사지 않도록 감시하기 위해서라는 것이다. 질문하는 이의 내면에도 비슷한 걱정이 있는 듯했다.

아내나 연인의 요구에 응하기 위해 노력하는 남자들이 딱해 보일 때가 있다. 그들이 여성 자신도 자각하지 못하는 내면의 결핍감과 대결하기 때문이다. 여자들의 무의식에는 사랑받지 못한다고 느꼈던 유아기 박탈감, 성장하면서 충격적으로 맞닥뜨린 페니스 엔비가 새겨져 있다. 남아선호 문화에서 성장하며 경험한 무수한 차별, 성인이 된 후 사회에서 제공받지 못한 자기실현의 기회는 누구나 인식할 수 있는 결핍감이 되어 있다. 그래서 어떤 여성들은 자기 삶을 결핍의 과정으로 여기며, 연인이나 배우자가 생기면 그 모든 것을 단번에 보상받으려 한다. 그녀들이 물질을 갖고 싶다고 말할 때 그것은 사랑해달라는 말의 다른 표현이다.

태어나는 순간부터 아들이라는 이유만으로 환영받고, 페니스를 자랑스러워하면서 유년기를 보낸 남성들은 여성들의 결핍감을 짐작할 수 없다. 남성 중심으로 편성된 세상에서 쉽게 자기 역할을 맡는다는 이유만으로 여자들의 시기심의 대상이 된다는 사실도 이해하지 못한다. 그럼에도 남자들은 여자의 마음을 얻기 위해 시기심의 벽을 넘어 선물을 제공하고, 여자들과 함께 살아가기 위해 그녀들이 원하는 물질을 제공한다. 막막한 벽과 마주선 느낌이 들 때까지. 최근에 한 여성이 부러움 가득한 목소리로 말했다.

"아들한테 이런 말을 했어요. 어떤 남자는 애인에게 명품 가방을 사주기 위해 신장을 팔았대."

놀랍게도 그녀는 장기를 팔아서라도 명품 가방 사주는 행위를 사랑이라 믿고 있었고, 잘못된 인식을 고등학생인 아들 뇌리에도 각인시켰다. 자기 내면의 검고 커다란 결핍의 구멍은 주변 사람들까지 집어삼킬 위험이 있다. 본인 스스로 무의식을 알아차리고 보살피는 것이 첫번째 해결책이다. 연인이나 배우자가 도와줄 때는 마음속 결핍감에 공감하는 방식으로 접근해야 한다. 아내의 쇼핑중독에 대해 묻는 남자에게 이렇게 말해주었다.

"아내를 소중한 사람으로 대하고, 충분하다고 느낄 정도로 사랑을 표현해보세요. 출퇴근 때마다 사랑한다고 말하고, 주말이면 손잡고 산책도 하고, 대화도 충분히 나누고……"

그는 내 말을 자르며 산뜻하게 정리했다.

"그냥 신용카드 주는 게 낫겠네요."

젊은 아버지들의 '아버지 부재 증후군'

삼십대 후반인 그는 성장기 내내 아버지가 회사에 출근하고 퇴근하는 모습만 보고 자랐다. 아버지는 늘 술과 피로감에 젖어 있었고 가족은 휴식 중인 아버지를 위해 숨죽였다. 어린 시절 그는 잠든 아버지 곁에 가만히 앉아 있곤 했던 기억이 있다. 성인이 되어 회사에 취직했을 때 아버지처럼 일하는 자신을 발견하고는 몸이 굳었다.

"아버지가 평생 이렇게 일했던 거라고?"

그는 회사를 그만두고 멀리 떠났다. 결혼을 원하는 여자친구를 남겨둔 채 오지 여행가로 살아간다.

사십대 초반의 또다른 남자는 어린 시절 아버지를 잃었다. 성장기 내내 내면이 혼돈스러웠고, 권위에 복종하는 문제에 어려움을 느꼈다. 회사에 입사했을 때는 상사와의 의사 소통, 부서 간의 의견 조율에 어려움을 느꼈다. 문제가 발생할 때마다 해결책을 찾기보다 사표를 냈고, 몇군데 직장을 옮긴 후 결국 분식집을 운영하는 자영업자가 되었다. 물론 미혼이다.

아버지가 있든 없든, 현대 남성들은 얼마간 '아버지 부재 증후군'을 앓는다. 산업사회가 아버지들을 공장으로 데려간 후 아들들은 낮 동안 아버지가 어디서 무엇을 하는지 모르는 채 성장했다. 그것은 아이들이 자라는 과정에서 반드시 필요한 동일시 대상이 없었다는 의미이다. 누구에게서 어떤 모습을 배워 어떤 사람이 돼야 하는지, 삶의 큰 틀을 만들어

가질 수 없게 되었다.

칠팔십년대 우리나라는 경제발전이 최우선 목표였다. 그 시절 일만 했던 아버지들은 남자아이를 어른들의 세상으로 이끌어주는 역할을 하지 못했다. 남자다움에 대해 가르치고, 삶의 지혜를 습득하도록 해줄 시간이 없었다. 아버지의 보살핌을 제대로 받지 못한 소년은 두가지 극단적인 성향을 갖게 되기 쉽다. 남성다움에 집착하며 거친 옷차림을 한 채 폭력적인 게임을 즐기거나, 혼자 조용히 머무르면서 침울하고 자신감 없는 모습을 보이는 것.

경제성장을 이룬 아버지들의 아이들이 지금 우리 사회 중추를 담당하는 젊은 세대가 되어 있다. 아버지 부재 문화에서 자란 세대, 아버지 없이 스스로 아버지가 되어야 하는 세대이다. 안타깝게도 그들은 아버지 되기를 잘 해내는 것 같아 보이지 않는다. 그들은 스스로 아버지가 되기 위해 노력하기보다 자녀 한명 키우는 데 돈이 얼마나 드는지 계산해본다. 아버지 역할이 얼마나 두려웠으면 그 금액을 계산해냈을까 싶다.

헌신적인 남자,
이기적인 남자

연애 기간에 그는 자상하고 헌신적인 남자였다. 여자의 요청을 거절한 적이 없었고, 표현하지 않은 욕구까지 미리 알아차려 충족시켜주었다. 연애 기간에 목소리를 높인 적도 없었다. 결혼 후 그는 정반대 인격이 되었다. 자주 아내에게 불평불만을 터뜨렸고, 한번 화나면 제동장치가 고장난 듯 극단으로 치달았다. 그의 아내는 남편의 태도가 돌변한 이유를 알 수 없었다.

여자들이 연인을 구할 때 범하는 오류 중 하나는 배려심 많고 헌신적인 남자를 찾는 것이다. 그런 남자는 소설과 드라마 속 환상으로 존재하지만 간혹 현실에는 환상을 충족시키는 남자가 나타나기도 한다. 하지만 매사에 헌신적인 남자는 위험하다. 그는 좋은 것들은 모두 외부에서 온다고 믿을 가능성이 높다. 사랑과 돌봄은 여자에게서, 인정과 지지는 부모에게서, 업무상 성취감은 상사에게서 비롯된다고 생각한다. 뼈가 으스러지도록 타인에게 헌신할 때마다 그들의 무의식에는 보상받고자 하는 욕구가 차곡차곡 쌓여간다. 받는 것에만 익숙해진 상대에게 실망하고, 보상받지 못한 헌신에 대해 분노하게 될 때까지. 한순간 그는 다른 인격처럼 돌변할 수 있다.

사춘기나 청년기 남자가 이기적인 것은 당연하다. 자기 욕구를 알아차리고 보살필 줄 안다는 의미이며 외부의 것을 받아들여 자기를 만들어 가는 중이라는 뜻이다. 그 시기에는 헌신적인 남자가 오히려 위험하다.

그는 자기 욕구를 스스로 돌본 적도, 자신을 사랑해본 적도 없는 사람일 가능성이 높다. 두종류의 남자 사이에서 갈등하는 후배에게 가끔 말해준다. 헌신적인 남자보다 이기적인 남자가 더 좋은 연애 상대라고. 자기를 사랑할 줄 아는 사람만이 타인과 서로 존중하는 건강한 관계를 맺을 수 있다고. 단 조건이 붙는다. 서른다섯살 이전까지만. 중년기 이후에는 이기적인 남자가 위험한 존재가 된다. 결혼 후 자녀를 갖게 되면 아무리 이기적인 남자도 책임감을 느끼며 가족을 위해 희생하고 양보한다. 가장이 되어서도 시간과 돈을 자기만족만을 위해 사용한다면 그는 가족에게 재앙이 되는 존재이다.

사실 이기적인 남자도, 이타적인 남자도 다 괜찮다. 그들은 복잡 미묘한 감정의 줄타기를 하면서 사랑을 얻고자, 관계를 맺고자 애쓰는 이들이다. 진짜로 위험한 남자는 여자를 지배하고 통제하고자 하는 이들이다. 그들은 여자와 관계 맺기 위해 번거롭게 감정의 줄타기를 하기보다는 돈과 권력을 이용해 여자를 마음대로 사용하는 쪽이 쉽고 안전하다고 여긴다. 감정적으로는 힘들어도 연애 기간의 '밀당'이 명품 가방보다 중요한 이유이다.

'대화가 통하는 남자'를 원하는 여자

그는 아내가 이야기를 꺼내면 잘 경청하려 마음먹는다. 하지만 얼마 지나지 않아 인내심이 바닥난다. 장황하게 나열되는 아내 이야기는 아무리 들어도 핵심이 없고, 불평불만의 연속처럼 느껴지기 때문이다. 가끔 아내의 말 속에 분노의 감정이 묻어 있으면 무의식적으로 자신이 비난당하는 듯 느껴지기도 한다. 성장 과정에서 그가 경험한 폭력 중에는 언어폭력이 으뜸이기 때문이다. 그는 기어이 아내의 말허리를 자르고 만다.

"그래서 결론이 뭐야? 알아들을 수 있게 한문장으로 말해봐."

순간 아내는 입을 닫고 찬바람을 일으키며 자리를 뜬다. 그는 나름대로 대화를 시도했는데 아내가 왜 화를 내는지 알 수 없다.

많은 사람들이 배우자와 대화가 잘 통하기를 소망한다. 소소한 일상 이야기를 함께 나누고, 삶의 어려움을 토로하고, 특정인에 대한 불평불만을 공유하기를 원한다. 불만을 공유하면 유대감이 형성된다고 믿기 때문이다. 그래서 어떤 아내들은 가끔 남편의 감정을 이끌어내기 위해 무의식적 전략을 쓰기도 한다. 왜 날마다 술을 마시느냐고 잔소리를 퍼부어 결국 남자가 소리를 지르게 함으로써 그의 감정을 확인한다. 그럼에도 아내들은 막상 남편이 솔직하게 감정을 표현하면 당황한다. 남편이 솔직하게 '나약하고, 비통하고, 고통스러운 감정'을 내놓으면 가슴이 철렁 내려앉는다. 저렇게 약한 남자를 어떻게 믿고 세상을 살아갈지 걱정이 앞선다.

얼마 전까지 남자들은 감정을 억압한 채 가장과 남편 역할만 하면 되었다. 하지만 최근에는 여자들이 남자에게 다른 것을 요구하기 시작했다. 감정을 부드럽게 표현하면서 정서적으로 소통할 수 있는 역량을 갖추기를 원한다. 이 색다른 요구 앞에서 남자들은 이중으로 결박되는 느낌을 받는다. 한편으로는 '당신 감정을 솔직하게 표현하세요'라는 말과 동시에 다른 한편으로는 '나약한 감정을 내보이는 건 남자답지 않아요'라는 메시지를 전달받는다.

부부나 연인들이 상대에게 원하는 것 중에는 자신의 불편한 감정을 대신 소화해달라는 요구가 있다. 대화가 잘 통하는 남자를 원하는 여자도, 섹스가 잘 통하는 여자를 원하는 남자도, 그들이 진정으로 원하는 것은 일상에서 경험하는 불편한 감정들을 상대방을 통해 해결하고자 하는 욕구이다. 상대가 자신의 스트레스나 불안을 진정시키고, 자신의 존재가 의미있다는 메시지를 주기를 원한다. 하지만 자기감정을 조절하고 소화시키는 능력을 먼저 길러야 상대방이 원하는 것을 줄 수 있다는 점을 염두에 두어야 할 것이다.

아내를 비난하는 남자를 위하여

개인적으로 늘 안타깝게 생각하는 일이 한가지 있다. 어떤 싱글 여성들은 결혼한 남자가 자기 앞에서 아내에 대한 불평불만을 토로하면 그것을 자신에 대한 호의로 착각한다는 점이다. 누구를 사랑하든 자유겠지만, 그들 중에는 그 사랑이 끝난 후 이용당했다는 느낌과 함께 '그가 이혼하겠다고 말했다'는 부도 수표를 꺼내 보이는 이가 있다. 어느 쪽이 먼저인지는 모르겠다. 젊은 여자를 유혹하기 위해 의식적 무의식적으로 아내를 험담하는 전략을 쓰는 남자가 먼저인지, 오이디푸스 단계를 잘 이행하지 못해 경쟁자를 젖히고 상대를 쟁취하고자 하는 여자가 먼저인지. 그런 여성들을 위한 명언을 들은 일이 있다.

"유부남은 유부녀에게 맡겨라."

옳고 그름은 판단하지 말아주시기 바란다.

아내에 대한 의존성이 높은 남자일수록 밖에서 아내를 비난하는 불공정 거래를 하기 쉽다. 무의식에 있는 의존성은 자각하고 떠나보내야 하는 것이지 어떤 대상을 통해 채울 수 있는 게 아니기 때문에 불만이 쌓여만 간다. 그런 남자들이 간혹 자녀 앞에서도 아이 엄마를 비난하는 일이 있는데, 그건 더욱 나쁘다. 함께 사는 배우자에 대해 판단하든, 이혼한 아내를 험담하든 그 행위는 아이의 발달에 치명적인 영향을 끼친다.

아이들은 부모 중 한쪽을 비난하는 말을 들으면 자신이 비난받는 듯한 느낌을 갖게 된다. 양쪽 부모와 동일시하여 만들어 가진 내면의 일부가 나쁜 것인 듯 여겨지면서 스스로를 나쁜 아이로 인식하게 된다. 자존감을 형성하기 어려울 수밖에 없다. 또한 배우자가가 서로 싸우고 비난하는 환경에서 자란 자녀는 양가성을 통합하기 어려워진다. 갈등하는 두 사람의 자아, 대립되는 두가지 정서가 아이 내면에 고스란히 흡수되어 고착된다. 그런 아이는 나중에 세상을 흑백논리로 파악하고 불편한 감정을 타인에게 투사하는 성향을 보이기 쉽다.

무엇보다 나쁜 점은 아이가 환상을 사용할 수조차 없게 된다는 것이다. 상황을 제대로 이해할 수도, 현실의 어려움에 대처할 수도 없는 아이들은 심리적으로 살아남기 위해 '좋은 부모' 환상을 사용한다. 비록 야단은 치지만, 멀리 떠나서 곁에 없지만 부모가 여전히 자신을 사랑한다는 믿음과 환상에서 생의 에너지를 얻는다. 한쪽 부모를 비난하는 행위는 아이가 내면에 간직하고 있는 좋은 부모 이미지를 깨부수면서 환상으로 이겨낼 수 있는 건강한 생의 에너지마저 빼앗는 결과를 낳는다. 자기 마음을 스스로 다스리지 못하는 부모가 어떻게 자녀에게 나쁜 영향을 미치는지 확인하는 일은 가끔 두렵다.

출생 순서에 따른 자녀의 성향

미국 심리학자 존 브래드쇼는 자녀들이 출생 순서에 따라 특별한 성향을 갖게 된다는 가족체계이론을 제안한다. 첫째 아이는 가족의 페르소나를 담당하며, 부모의 기대와 요구를 수용하여 그것을 성취해낸다. 심리적으로는 아버지와 동일시되어 있다. 둘째 아이는 페르소나 뒷면의 무의식을 담당한다. 부모가 인식하지 못하는 감정을 물려받으며, 심리적으로는 어머니와 연합한다.

요즈음 텔레비전에 방영되는 한 육아 예능 프로그램의 세 쌍둥이를 보면 그것이 잘 보인다. 첫째 아이는 이미 사회성과 리더십, 아버지를 자랑스러워하는 태도를 보인다. 둘째 아이는 자주 생각이 많은 표정을 짓는데, 무의식을 떠맡아 머리와 가슴을 통합하려 애쓰는 게 아닌가 싶다. 무의식과 함께 따라오는 특별한 감수성과 언어적 재능도 엿보인다.

가족체계이론에서 셋째 아이는 특히 관계 맺기에 주력한다고 제안한다. 첫째가 아버지와, 둘째가 어머니와 연결되어 있다는 것을 알아차리기 때문에 셋째는 다른 곳에서 특별한 관계를 맺을 사람을 찾아낸다. 예능 프로그램의 쌍둥이 중 셋째 아이가 그 사실을 잘 보여준다. 벌써 자기만의 특별한 애착관계를 만들고, 어디를 가든 누나를 찾아내어 서슴없이 손잡는다. 겉보기에는 부모에게 관심 없는 듯 행동하지만 내면에서는 누구보다 예민하게 부모를 의식하는 상태라 한다.

넷째 아이는 화합과 평화를 지향하는 특성이 있다. 넷째 아이 눈에 가정은 많은 사람들이 만들어내는 혼돈과 갈등의 현장처럼 보인다. 그런 시각으로 가족 사이에 숨겨진 문제들을 간파해내면서 모든 일에 대해 책임을 느낀다. 집안이 평화로울 수만 있다면 무슨 일이든 할 수 있다고 생각하기 때문에 가족의 마스코트를 자처하거나 희생양이 되기도 한다.

다섯째 아이부터는 첫째가 갖는 특성부터 차례로 지니게 된다고 한다. 요즈음 많은 외동아이는 출생 순서에 따른 모든 역할을 한 몸에 떠맡는다. 부부관계가 기능적인 경우 외동아이는 최고의 존재로 성장하고, 역기능 가정에서는 그 반대의 결과가 된다.

도토리 속에는 상수리나무가 될 모든 정보가 들어 있다. 필요한 것은 울타리와 햇살과 바람뿐이다. 부모의 일은 자녀가 어떤 나무의 씨앗인지 알아보는 게 먼저일 것이다. 출생 순서에 따른 자녀의 특성을 이해한다면 자녀의 욕구에 적합한 햇살과 바람을 제공해줄 수 있을 것이다.

아버지가 딸을 사랑하는 방법

초등학교 저학년 여자아이가 부모 손에 이끌려 정신과 의사를 만나러 왔다. 아이는 이따금 기절하곤 했는데 특별한 신체적 문제가 있는 것은 아니어서 정신과로 보내졌다. 정신과 의사는 아이가 기절하는 시점에서 특별한 사실을 알아차렸다. 이를테면 아이가 공부하고 있을 때 아버지가 뒤에서 안으려 하면 기절했다. 사례를 들려준 정신과 의사는 이야기 끝에 덧붙였다.

"그전에 무슨 일이 있었으면……"

우리가 성 중독이나 남성 대 남성의 성폭행만큼 온전하게 덮어두는 사실이 또 하나 있는데 그것은 근친상간의 문제이다. 친부나 의부가 딸에게 행하는 근친상간 범죄가 가끔 뉴스에 보도되지만 드러나지 않는 사례는 훨씬 많을 것으로 학자들은 추정한다. 정신분석학 창시자인 프로이트조차 많은 여성 내담자들이 아버지에 의한 성폭행 이야기를 꺼내놓아서 놀랐다. 프로이트는 그토록 많은 평범한 아버지들이 딸에게 몹쓸 짓을 한다는 사실을 믿을 수 없었다. 그래서 탄생한 이론이 유아기 여아의 오이디푸스적 환상이다. 프로이트는 그 사건이 여아의 환상의 산물이라고 입장을 정리한다. 어쨌든 오이디푸스 이론의 기본 틀은 임상 현장에서 여전히 유용하다.

문제가 발생하는 지점은 딸의 애착감정에 대응하는 아버지의 태도에 있다. 유아가 품는 남근선망이나 애착감정은 집안에서 가장 큰 권력을 가진 존재, 그 존재가 보장하는 안전한 실존에 대한 소망이다. 어린 딸의 생존이 걸린 소망에 대해 아버지가 성적 느낌이 밴 행동으로 반응한다면 그것은 곧 아이의 존재 전체를 위협하는 폭력이 된다. 오이디푸스기를 지나는 대여섯살짜리 여자아이가 '아빠와 결혼할 거야'라고 말하는 것은 발달단계에서 당연하다. 그때 아버지가 할 일은 딸의 욕구를 좌절시키는 것이다. 하지만 어떤 아버지들은 딸과 상호의존적 감정을 발달시키며 딸에게 집착한다.

"딸을 결혼시키지 않고 죽을 때까지 데리고 살 거다."

"딸이 사윗감을 데려오면 무조건 패줄 거다."

농담이겠지만 일상적으로 남자들이 하는 말이다. 아버지의 병리적 측면이 딸에게 대물림되어 신경증이 되는 지점이기도 하다.

가족은 무성화(無性化)를 가르치는 곳이라고 한다. 건강한 아버지는 딸이 유치원에서 남자친구를 사귀거나, 사춘기에 남자 연예인을 좋아하면 그 행위를 지지해준다. 병리적 아버지는 딸의 유치원 남자친구에게 질투를 느끼고, 딸이 연예인을 좋아하면 불같이 화낸다. 딸에게 집착하는 아버지는 대체로 아내와 건강한 애착관계를 맺지 못하는 이들이라고 한다. 딸을 아내의 대체물로 삼는 행위는, 비록 그것이 신체적 행위를 동반하지 않더라도, 정신적 근친상간이라고 심리학자들은 주장한다.

아버지가 아들을 사랑하는 방식

한 지인 남성은 아내가 '당신은 왜 아들을 주워온 자식처럼 대하느냐?'고 물을 때까지 자신이 어떤 아빠였는지 몰랐다고 말했다. 아내 말을 들은 후 자기 행동을 관찰했더니 아들에게 무심한 상태로 화난 말투를 뱉곤 했다. 딸에게 다정하게 대하는 태도와 차이가 컸다. 최근에 또다른 남성은 이렇게 말했다.

"나는 아들을 볼 때마다 화가 나서 미칠 것 같다."

그럴 때면 부자관계가 원초적 경쟁관계라는 사실을 새삼 확인하게 된다. 그 아버지들도 자기 아버지에게서 받은 것을 고스란히 아들에게 물려주고 있었을 것이다. 그럼에도 요즈음 아버지들이 이전 세대와는 다른 아버지가 되기 위해 자기감정과 행동을 돌이켜 알아차리는 모습은 감동적이다.

엄마와 긴밀한 애착관계에 있던 아들이 아버지의 세계로 옮겨가는 시기는 대여섯살 무렵이다. 그 나이대의 아들은 아버지가 곁에 있어 주기를, 아버지와 함께 놀 수 있기를 소망한다. 심리학자 짐 허조그(James M. Herzog)는 전세계 아버지들이 아이와 놀아줄 때 공통적으로 사용하는 놀이 패턴을 밝혀내어 '흥분시키기와 다잡기'라고 명명했다. 아들과 뒤엉켜 소란스럽게 놀다가도 아버지는 일정한 시점에서 열기를 가라앉히며 아이의 마음을 다잡기 시작한다. 놀이 속에서 아이가 공격할 수 있는 한계를 설정해주고, 공격 에너지를 다스리는 법을 가르친다. 그러기 위해서는 먼저 아버지가 격정과 공격성을 통제할 줄 알아야 한다.

아이와 놀아줄 때 아버지는 경쟁심도 조절할 수 있어야 한다. 아버지와 아들이 레슬링 같은 경기를 할 때 놀이는 대체로 아이가 '항복'을 외치는 것으로 끝난다. 하지만 아버지가 항상 이겨서는 안된다. 아들을 상대로 거듭 승리하는 아버지는 그때마다 아들의 마음속에 패배감을 심어주는 셈이 된다. 아버지가 매번 져주어서도 안된다. 그러면 아이의 유아적 전능감이 깨어질 기회가 생기지 않는다. 아버지는 아들과 공정한 경쟁을 하면서 승리했을 때의 겸손과 패배했을 때의 용기를 가르친다. 그러기 위해서는 먼저 아버지가 경쟁심을 통제하면서 겸손과 용기를 체득해야 한다.

아버지가 아들을 사랑할 때 최종적으로 제공해야 하는 것은 삶의 모델이다. 아버지를 보고 따라 하면서 성장하는 아들은 마음으로부터 아버지를 존경하고 싶어한다. 존경할 수 있는 아버지는 아들의 자존감이 된다. 만약 아들이 갖추었으면 하는 성품이나 태도가 있다면 아버지가 먼저 그런 사람이 되면 된다. 형제가 서로 음식을 나누어 먹는 사이가 되기 바란다면 아버지가 자기 음식을 아이들에게 나누어주는 모습을 보여주면 되는 것이다.

남자가 경험하는 복종과 배신의 드라마

중년의 그는 성장기에 아버지를 부끄러워했다. 그의 아버지는 친구들 아버지에 비해 늙고 가난하고 힘없는 사람인 듯 여겨졌다. 결혼 후 아이가 생겼을 때 그는 한가지 결심했다. 아들이 부끄러워하는 아버지는 되지 말아야겠다는 것.

그제야 자신이 '젊은 아빠'가 되기 위해 친구들보다 서둘러 결혼했다는 사실을 알아차렸다. 그는 평생 자기가 꿈꾸는 아버지가 되기 위해 노력했다. 그런데 얼마 전 아들의 진로 문제로 갈등하다가 아들이 이렇게 말하는 소리를 들었다.

"가끔씩, 아버지가 정말 부끄러워요."

엄마와 딸의 갈등이 평생 가듯 아버지와 아들도 서로를 영원한 숙제처럼 여긴다. 영국 대상관계 정신분석학파가 어머니와 자녀의 관계를 깊이 연구했다면 프랑스 정신분석학자 자끄 라깡(Jacques Lacan)은 아버지와 아들의 관계에 집중했다. 라깡에 의하면 모든 이의 내면에서 아버지는 세 차원으로 작동한다. '상상적 아버지'는 아이의 오이디푸스 환상 속 경쟁자이면서 동시에 불안과 박해감을 선사하는 대상이다. '상징적 아버지'는 아이의 욕망을 통제하고 질서와 규율을 정하는 대상이다. 아버지의 기능이나 역할을 설명하는 용어이다. '실재적 아버지'는 주체의 생물학적 아버지라고 한다. 라깡은 "프로이트 전체 작품을 꿰뚫는 주제는 '아버지란 무엇이냐?'라는 질문이다"라고 말했지만 그것은 그에게도 적용되는 진술이다.

모든 아들은 아버지에 대한 복종과 배신의 변증법 속에서 성장한다. 상징적 아버지의 약속을 믿고 아버지의 통제와 규율에 따랐지만 그럼에도 원하는 것을 얻을 수 없다는 사실을 깨닫는다. 아버지의 약속이 처음부터 빈 것이었든, 약속의 댓가가 소망에 미치지 못했든 아들은 실망과 배신감을 맛본다. 그때부터 아버지에게 부여했던 힘을 거두어들여 자기 세계를 만들기 시작한다. 아버지로부터 돌아설 때 상상적 아버지는 아들의 내면에 불안감, 박해감을 일깨운다. 그 감정을 다스리기 위해 아들은 아버지를 배신해도 괜찮은 사람, 공격자나 부끄러운 사람으로 만든다.

개인이 아버지를 상대로 느끼는 복종과 배신, 이상화와 폄하의 심리작용은 사회생활에서 그대로 재연된다. 대부분의 남자는 이상화된 삶의 모델을 가지고 있고, 조직 속에서 그런 사람을 찾아내어 헌신한다. 남자는 자주 누군가가 등 뒤에서 속삭이는 소리를 듣는다. 책임과 의무만 이행하면 장밋빛 미래를 약속하겠다고. 그럼에도 이따금 남자는 세상이 자기를 쓰고 버릴 거라는 두려움을 느낀다. 그의 아버지가 그랬던 것처럼.

자녀보다 아내에게 집착하는 남자

중년의 지인 남성들 중에는 자식에게 재산을 물려주지 않겠다고 공공연히 말하는 이들이 있다. 그들은 아내와 함께 노후를 행복하게 보내기 위해 재산을 어떻게 운용할지 자금계획도 세워두었다. 자식이 맨손으로 시작하려면 힘들겠다는 말을 주변에서 건네면 자기도 빈주먹으로 시작했다고 말한다.

“대학 공부까지 시켜줬으면 충분하지.”

어떤 이는 자식이 자기 재산을 탐내고 있을까봐 걱정된다고 말한다. 그의 재산도 부모에게서 물려받은 것이고, 어차피 자식에게 물려줄 재산 아니냐고 물으면 눈을 크게 뜬다.

“내가 죽으면 재산은 아내한테 가야지.”

아버지가 된 남자들이 아들에게 갖는 감정에는 어찌할 수 없는 경쟁심이 있다. 세계 신화에는 아들이 자라면 아버지의 권위와 재산을 빼앗을 거라는 신탁을 두려워하며 아들을 살해하는 아버지 이야기가 많다. 그럼에도 버려진 아들은 기어이 살아나서 아버지의 재산과 여자를 차지한다. 신화가 말해주듯 남자들의 무의식에는 아들이 자라는 것에 대한 두려움이 있다. 그것은 실은 자신이 늙고 힘없어지는 것에 대한 공포여서 아버지가 아들에게 오롯이 사랑만을 주기 어려운 장애로 작용한다.

그 위에 개인적인 조건 한가지가 더해지면 자녀보다 아내에게 심한 애착을 보이는 남자가 된다. 그 조건은 모성에 대한 결핍감이다. 어떤 이유로든 성장기에 안정적으로 사랑과 보살핌을 주는 어머니가 없었던 이들은 아버지 역할을 어려워한다. 내면에 결핍되어 있는 욕구를 아내에게서 보상받으려 하기 때문에 아내에게 의존하고 집착하는 남편이 된다. 아내에게 이상화된 엄마 이미지를 투사해서 큰 권위를 부여하거나 지나친 애착관계를 유지한다. 그들의 아내는 남편과 상호의존관계를 맺고 있어 '남자는 다 애야'라고 투덜거리면서도 남편을 돌보는 역할을 소중히 이행한다. 그런 부부는 자녀보다 배우자가 더 중요하다고 공공연하게 이야기한다.

부부가 사랑하는 관계를 유지해야 자녀들이 심리적 안정감을 느낀다. 하지만 부부가 사이좋은 상태에서 자녀의 성장에 관심을 쏟아야지, 자녀를 소외시킨 채 부부끼리만 밀착되어 있으면 자녀에게 재앙이 된다. 부부 사이에 끼어들어 오이디푸스적인 승리감을 느끼지 못한 자녀는 자존감이나 자신감을 가지기 어렵다.

"아빠는 해외 출장을 다녀올 때 늘 엄마 선물만 사왔어요."

"크리스마스에 아빠 엄마는 우리를 내버려둔 채 둘만 외출했어요."

"아빠는 퇴근하면 안방에 들어가 엄마하고만 시간을 보냈어요."

믿기지 않겠지만 저 이야기를 회고하는 성인들은 모두 눈물을 보였다.

자녀에게 폭력을 행사하는 남자

사십대 후배 여성은 어린 시절 아버지로부터 폭력을 경험했다. 그녀가 자신의 폭력 경험을 묘사할 때 그 잔혹함이란 듣기조차 고통스러울 정도였다. 퇴역 군인이었던 아버지는 어린 자녀들을 일렬로 세워놓고 부하에게 하듯 폭력을 행사했다. 그녀뿐 아니라 성장기에 아버지에게 폭력을 당했다는 여성들의 이야기를 자주 듣는다. 한대를 맞았든 반복적으로 매를 맞았든 그 경험을 이야기할 때 그녀들은 어김없이 눈물을 보인다.

남자들이 내면의 불편한 감정을 처리하는 보편적인 방식은 신체활동을 하거나, 술을 마시거나, 섹스를 하는 것이다. 그런 대체 방식을 갖지 못한 이들이나 그런 방식으로도 미처 감정을 해결하지 못한 사람들은 대체로 자기보다 약한 상대에게 폭력성을 쏟아낸다. 술을 마시고 자녀들을 때리거나, 아내를 팬 후 섹스를 요구한다. 그러면서 말한다. 자식들 버릇을 고쳐주기 위해 때렸고, 부부싸움 후 화해의 섹스를 한 것이라고. 저 말을 하는 남자들이 진심으로 자신이 옳다고 믿는다는 점은 기이하다.

자녀에게 신체적 폭력을 행사하는 부모는 성장기에 똑같은 것을 경험한 사람이다. 성장기에 필요한 사랑이나 정서적 보살핌을 받지 못한 채 방치되었던 이들이기도 하다. 그들은 어른의 외형을 갖춘 성공한 사람일지라도 내면에서는 기본적으로 낮은 자존감, 불안과 박해감, 자기파괴 성향 등의 문제를 감추고 있다. 내면 문제를 직면하고 해결해볼 용기도 없어 그것을 만만한 대상에게 투사하곤 한다.

그런 부모로부터 폭력을 경험한 이들을 보는 일은 안타깝다. 그들 역시 마음 깊이 새겨진 박해감, 자기비하감을 떨쳐내기 어려워한다. 외부 세계에 대한 불안과 공포를 처리하는 데 많은 에너지를 소모하기 때문에 삶을 창조적으로 살아갈 힘도 결핍되어 있다. 자녀 교육을 위해 회초리를 든다고 말하는 이들이 그 폭력의 이십년 후 결과를 예측한다면 결코 그런 말을 할 수 없을 것이다. 폭력 피해 경험은 한사람의 생애 전체와 직결되며, 당사자의 자신감, 창의성, 삶의 성취도를 결정하는 요소가 된다.

미숙한 남자가 내면의 불편한 감정을 외부로 쏟아낼 때, 아내와 자녀 중 어느 쪽이 그 대상이 되는 게 나을까 생각해본 적 있다. 둘 다 최악이지만 그나마 차악을 꼽아보다가 그런 생각을 했다는 사실에 한숨 쉬었다. 더 나쁜 상황은 아내에게는 공처가이면서 자녀에게만 폭력을 행사하는 남자가 아닐까 싶다. 그보다 더 나쁜 경우는 아내에게 회초리를 쥐여주고 아내 등 뒤에 숨어 자녀 폭력에 동조하는 남자일 것이다.

잘못을 취소하는 남자의 행동

남자가 유일한 생존 권력이던 시절에 모든 촉각을 남편이나 연인을 향해 곤두세우고 살아온 여자에게는 정설에 가까운 속설이 있다. 그들의 남자가 갑자기, 전에 없이 다정한 태도를 취한다면 필시 그에게 다른 여자가 생겼다는 것. 연애의 역사 속에서 시행착오를 겪으며 정립해온 속설일 것이다. 정신분석학은 그처럼 특별한 남자의 태도를 '취소행동' 또는 '보상'이라는 방어기제라고 설명한다. 자신의 성적 욕망이나 적대적 욕구(분노, 공격성, 시기심)가 상대에게 피해를 주었다고 느낄 때 그 행동을 취소하고 잘못을 보상하려는 시도를 일컫는다.

일상 속에서 흔히 목격되는 취소 방어기제는 아내에게 폭력을 행사한 다음 날 남편이 비싼 선물을 사들고 들어가는 행위이다. 아내에게 준 상처를 꽃이나 보석으로 상쇄하려는 의도인데 실제로 어떤 여자들은 폭력의 기억과 보석을 맞바꾸듯 좋아하기도 한다. 부정과 비리를 통해 큰돈을 번 사업가가 자선사업이나 장학금으로 수익의 일부를 희사하는 것도 취소행동에 해당된다. 다이너마이트를 개발하여 번 돈으로 노벨상을 제정한 이들의 행위 기저에도 취소 방어기제가 깔려 있다.

모든 종교에 준비되어 있는 속죄장치도 취소 방어기제의 일종이다. 종교는 본래 집단 구성원의 정신 건강을 돌보는 기능을 했다. 그들 지도자 중 누군가는 잘못을 범한 사람들이 느끼는 죄의식을 취소하는 장치를 마련해줄 필요가 있음을 깨달았을 것이다. 회개, 속죄, 참회 등의 명칭을 가진 제도를 만들어 능동적으로 취소 방어기제를 사용할 수 있는 장을 마련해주었다. 오늘날에도 우리는 종교가 준비해둔 의례에 따라 속죄를 행하면 지난 잘못을 취소할 수 있다고 믿는다.

하지만 취소 방어기제는 미숙하고 임시방편적인 생존법이어서 성숙한 삶을 저해한다. 미국 여성 폴레트 켈리(Paulette Kelly)가 쓴 시 「나는 오늘 꽃을 받았어요(I Got Flowers Today)」는 남편의 취소행동을 용인하면 마지막에 도달하는 곳이 어디인지 알려준다. 처음에 그 시는 가벼운 언어폭력을 저지른 후 보상으로 꽃을 선물하는 남편 이야기로 시작된다. "그는 틀림없이 미안해할 거예요. 왜냐하면 그가 꽃을 보냈거든요"라고 말하는 아내는 합리화 방어기제를 사용한다. "그가 무섭지만 떠나기도 무서워요. 아이는 어떻게 돌보고 돈은 어떻게 벌지요?" 하는 의존성까지 있어 점차 강도 높은 폭력을 맞닥뜨리게 된다. 시는 이렇게 끝난다.

"나는 오늘 꽃을 받았어요. 오늘은 제 장례식날이거든요. 지난밤 그는 저를 때려서 죽음에 이르게 했어요."

새로운 아버지 역할을 모색하는 남자

그는 아버지 같은 아버지가 되지 않겠다고 결심하며 성장기를 보냈다. 성장기에 그가 목격한 아버지들은 가족 위에 군림하는 지배자, 자녀를 통제하는 심판관, 집에서 잠만 자는 지친 노동자였다. 결혼 후 그는 꿈꾸던 아버지 역할을 실천하고자 노력했다. 하지만 돌아오는 반응은 기대와 달랐다. 아내는 더 헌신적인 보살핌을 원했고, 자녀들은 아버지를 놀이 상대로만 여기는 듯했다. 그는 딜레마에 빠진 기분이었다.

아버지처럼 살지 않기 위해서, 요즈음 젊은 아빠들은 다양한 모색과 시도를 하는 듯 보인다. 새로운 부모 역할을 제안하는 책에는 구체적 세목이 나열된다. 말로 가르치려 하지 말고 행동으로 보여줘라, 자녀가 살아가는 세계를 이해하고 그들 수준에 맞추려 노력하라, 자녀들의 삶에 대해 구체적으로 질문하라, 자녀의 이야기를 판단하거나 평가하거나 충고하지 말고 들어라 등등. 하지만 현실의 부모들을 그것만으로 충분하지 않다는 것을 느끼곤 한다. 아버지에게 받은 것을 아들에게 물려주지 않도록 노력하는 것만으로는 부족하다.

부모 역할 중 가장 먼저 성취해야 하는 일은 자기치유이다. 내면에 자리 잡고 있는 부모 이미지, 그 부모에게 보상을 바라는 내면 아이를 떠나보내야 한다. 동시에 부모의 언행이 자녀의 인성 형성에 미치는 영향을 인식해야 한다. 아들에게 아버지는 사회의 축소판 같은 존재이다. 아버지와 어떤 관계를 맺느냐에 따라 성인이 된 후 아들의 사회적 태도가 결정된다. 지배자나 심판관 아버지를 둔 아들은 사회생활에서 실수나 실패에 대해 두려워하는 성향을 갖게 된다.

아들에게 가장 좋은 아버지는 관대한 동반자이다. 자녀의 잘못에 대해 '괜찮아'라고 말하는 것만으로는 부족하다. 거기에 '아빠도 예전에 그랬어'라고 덧붙이면 아들은 아버지를 든든한 동반자로 인식하게 된다. 그런 아들은 성인이 된 후 새로운 시도나 도전 앞에서 두려워하지 않을 뿐 아니라 남다른 창의성을 발휘하는 사람이 된다.

딸에게 아버지는 자신감의 원천이다. 아버지의 전폭적인 사랑과 지지를 받고 자란 딸은 자신을 존중하면서 당당한 태도로 성인의 삶을 살아갈 수 있다. 세상이 자기를 수용하고 지지한다는 믿음 위에서 특별한 사회적 성취를 이루기도 한다. 아버지 역할에서 중요한 것은 몇가지 행동양식이 아니다. 아버지가 자녀에게 미치는 영향을 인식하는 것, 자녀가 갖기 바라는 역량이나 성품을 부모가 먼저 갖추는 것이다. 부모에게 없는 자질을 멀리 있는 남에게서 얻어와 스스로 자신의 일부로 만드는 자녀는 없다.

3장

남자의 성과 사랑

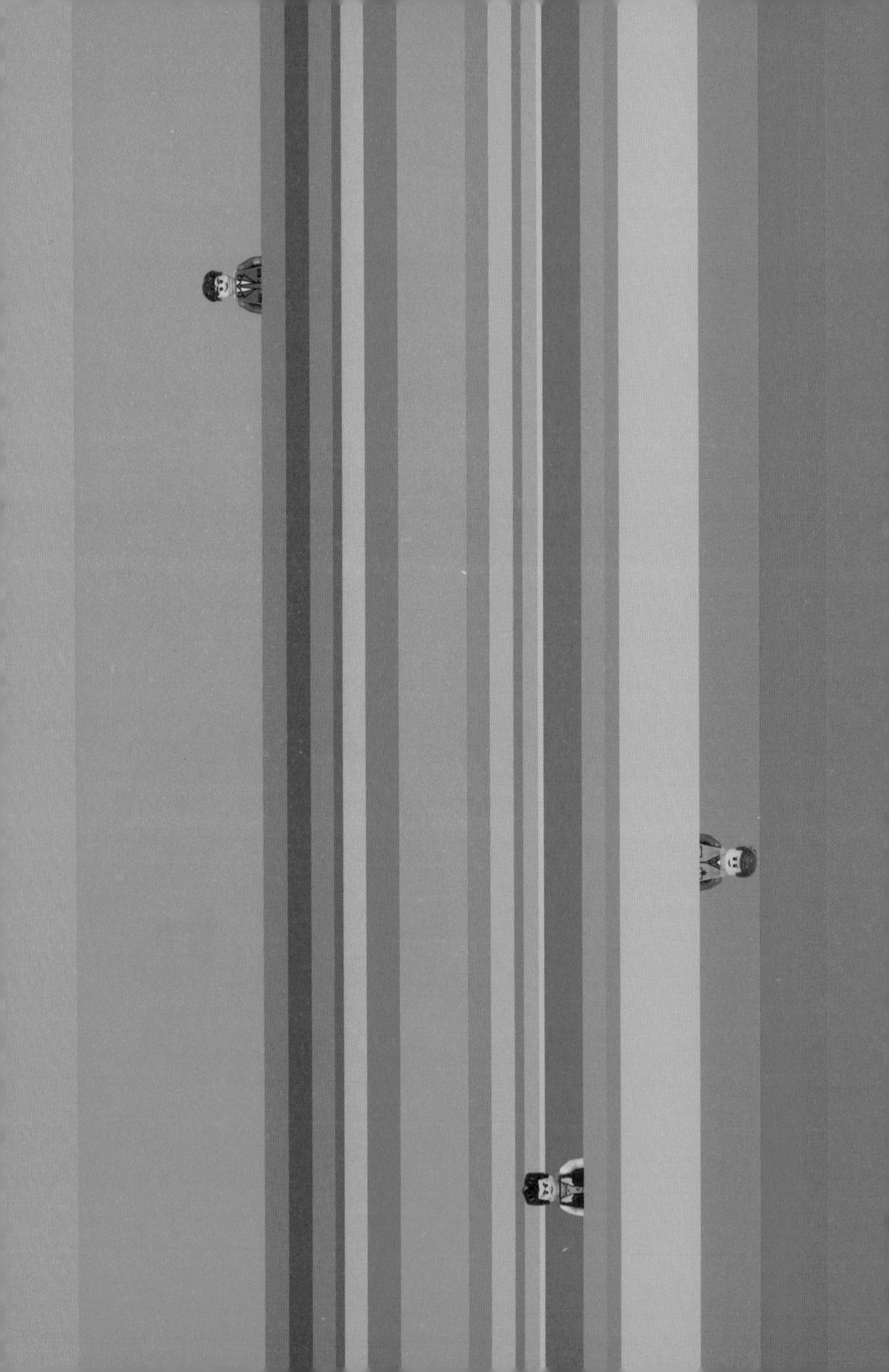

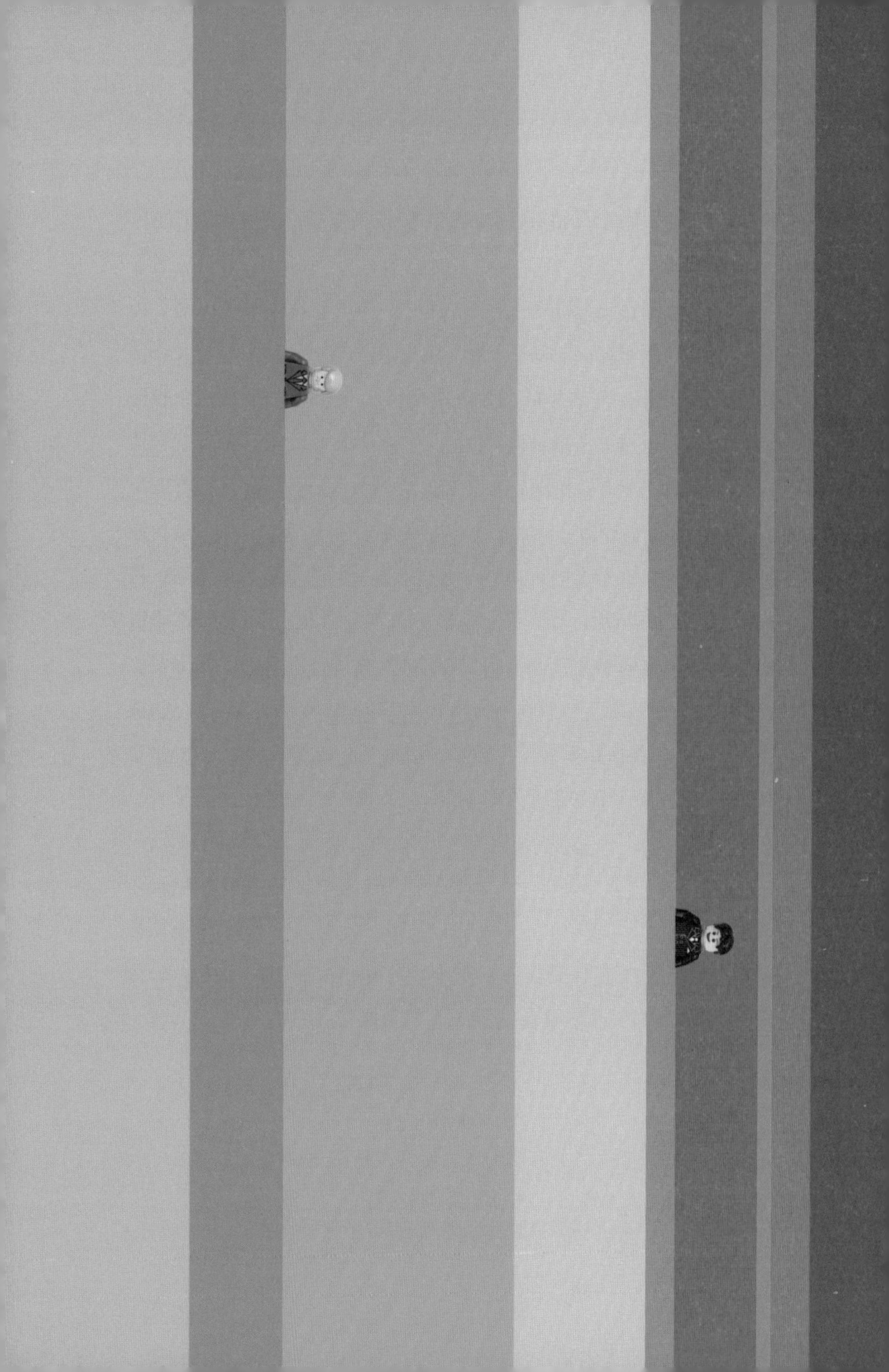

남자는 절박하게 여자가 필요하다

화사한 봄날, 꽃단장한 할머니 두분이 경쾌한 걸음으로 길을 가고 있었다. 우연히 보조가 맞았던 까닭에 곁에서 걷는 내게 그분들의 대화가 들려왔다.

“이렇게 마음껏 외출하니 얼마나 좋아.”

“그러게, 늙으면 돈 있고 영감 없는 게 제일이야.”

두 노인은 청아한 목소리로 웃었다. 그 웃음소리에는 평생 남편의 필요와 욕구를 해결해주면서 살았던 삶에서 벗어난 해방감 같은 것이 있었다.

많은 남자들이 귀가했을 때 아내가 집에 없으면 불안한 마음으로 행방을 묻는다. 가끔 불같이 화부터 내는 이도 있다. 대부분의 문화권에서 남자들은 일상생활의 많은 요소들을 아내에게 의존한다. 식사와 옷차림에서부터 잠자리와 자녀 양육 문제까지 그러하다. 일상생활뿐 아니라 감정 표현의 문제에서도 남자는 여자를 필요로 한다. 남자는 사회생활에서 받는 스트레스나, 경쟁관계에 있는 남자들에게 털어놓을 수 없는 속내를 여자에게 토로한다. 직접 감정을 표현하지 않아도 여자가 말하는 감정 이야기를 듣는 것만으로도 간접적인 내면 표출의 기회를 얻는다. 남자는 여자를 배신당할 염려 없이 감정과 욕구를 표현할 수 있는 안전한 대상으로 여긴다.

또한 남자는 여자를 통해서 자기존재를 증명받는다. 남자다움, 자기존중감 등은 친밀한 관계에 있는 여자가 어떻게 대해주느냐에 따라 달라진다. 여자가 존경하는 눈빛으로 바라볼 때, 감사의 말을 전할 때, 멋지다고 감탄할 때 남자는 기분이 하늘로 날아올라 별이라도 따줄 기세가 된다. 삶의 다양한 측면에서 여자에게 의존하기 때문에 남자는 둘 중 한가지 태도를 취한다. 여자에게 잘 맞춰주고 여자가 원하는 것을 들어주면서 자기가 필요한 것을 얻거나, 여자를 억압하고 통제함으로써 자기 욕구와 욕망을 충족시키고자 한다. 절박하게 의존하기 때문에 상대를 박탈당할까봐 불안해하는 마음이 큰 것도 당연하다. 최근에는 한 젊은 남자의 탄식을 들은 일이 있다.

"세상에는 예쁜 여자가 저리도 많은데, 그중에 내 여자 하나 없다니……"

세계보건기구 보고서에 의하면 전세계적으로 남편이 아내에게 폭력을 휘두르는 이유는 놀랍도록 유사하다. 제때에 식사가 준비되지 않을 때, 자녀를 제대로 돌보지 않는다고 오해할 때, 여자가 복종하지 않고 남자와 논쟁을 벌일 때, 아내가 섹스를 거부할 때 등이다. 한마디로 아내에 대한 의존 욕구가 좌절당했을 때이다. 그것은 학교 갔다 귀가했을 때 엄마가 집에 없으면 울음을 터뜨리는 아이의 태도와 다르지 않다.

남자에게는 두종류의 여자가 있다

그는 사회적으로 성공한 훈남이었고 그의 아내는 아름답고 정숙한 부인이었다. 부부 동반 외출을 하면 모든 이들의 선망을 받을 만큼 완벽해 보이는 부부였다. 그들에게 단 하나 없는 것이 있었는데, 그것은 섹스였다. 신혼여행에서부터 불능이었지만 남편은 결코 이혼을 원하지 않았다. 아내의 모든 행동과 관계를 양해하면서까지 결혼을 지키고자 노력했고 남편 역할도 충실히 이행했다. 그는 아름답고 정숙한 아내를 사랑한다고 믿으며 서로에게 자주 그 사실을 일깨웠다. 아내 입장에서 관계의 소원함보다 힘든 일은 타인 앞에서 행복한 부부 모습을 연출하는 것이었다.

어떤 남자들의 의식 속에는 두종류의 여자가 있다. 정실부인과 애첩, 조강지처와 외도 상대, 성녀와 창녀. 프로이트 정신분석학에서는 그런 성향을 가진 이들을 '생애 초기에 엄마를 상대로 만들어가지는 애착과 분노의 감정을 통합시키지 못한 상태'라고 설명한다. 엄마를 향하는 사랑의 감정을 지키기 위해, 엄마에게서 경험하는 실망과 분노의 감정을 마음 깊이 억압하거나 먼 곳에 있는 만만한 대상에게 투사한다. 그런 이들의 의식에는 두종류의 여자가 만들어진다. 엄마처럼 이상화되고 미화된 여자, 함부로 대하면서 무시해도 된다고 여기는 여자.

여성에 대한 이분법적 사고를 가진 이들은 이상적이고 훌륭한 여자를 선택해서 결혼한다. 하지만 그녀와는 섹스가 되지 않는다. 오이디푸스적인 금기가 마음을 가로지르기 때문이다. 대신 거리로 나가 함부로 대할 수 있는 만만한 여자를 만나 섹스 문제를 해결한다. 남편의 외도 상대를 만나본 윗세대 여성들은 자주 이런 소회를 밝혔다.

"얼마나 잘난 여자인지 보러 갔더니 세상에, 그렇게 '모지리'일 수가 없더라."

융(Carl Gustav Jung) 학파 심리학에서는 그런 남자를 '아폴론 원형'으로 분류한다. 그들은 아폴론처럼 남다른 성취욕으로 정상의 자리를 차지한 후 훌륭한 조건의 여자를 아내로 맞는다. 그에게 결혼은 대학이나 직장을 선택하는 것과 같은 인생의 한 단계이다. 친밀감이나 열정이 배제된 결혼에서 불행감을 느끼는 쪽은 아내이다. 남편은 무의식에 닿지 않도록 내면 감정을 차단하고 있어 표면적으로는 아무 불편 없는 듯 살아간다. 하지만 더 아픈 쪽은 남편이다. 원형심리학에서는 그들이 '생애 초기에 엄마와 하나 되는 느낌을 경험하지 못했기 때문'이라고 설명한다. 옛 어른들이 존경하는 정실부인은 집안에 모셔둔 채 애첩의 무릎을 베고 누워 온갖 언행을 다 했던 이유도 그와 같았을 것이다.

남자의 성 속에 숨겨진 의미들

간통죄 위헌 판정이 나면서 사회 한편이 시끄러웠다. 남녀 모두에게 성(性)이 생물학적 신체 행위만이 아니기 때문이다. 성 의식이 인간의 심리적 실존과 관련되는 중요한 요소인 점은 여자도 마찬가지지만 남자에 대해서만 말해보기로 한다.

우선, 남자는 성을 내면의 불편한 감정을 해소하는 창구로 사용한다. 성 충동과 파괴본능이 동일한 뿌리에서 비롯한 에너지여서 섹스를 하고 나면 공격성이 감소되기 때문에 스트레스가 해소된 듯 느낀다. 둘째, 남자는 성을 경쟁도구라 여기는 측면이 있다. 그런 이들은 여자를 사랑하는 게 아니라 쟁취했다고 느끼며 섹스를 통해 승리감을 맛본다. 오이디푸스기의 경쟁심에 뿌리를 둔 감정이다. 셋째, 남자는 많은 여자를 갖는 것을 성공의 증표라 여긴다. 예전 어른들이 여러 첩실을 두었던 이유도 성공하면 그 정도는 당연히 해야 하다고 믿었기 때문이다. 명리학에서는 남자에게 재성(財星)을 돈과 여자로 풀이한다. 오래전부터 여자를 사유재산쯤으로 여겼다는 것이고, 더 많이 섹스를 할수록 더 성공했다고 믿었다는 방증이다. 오늘날에는 남자가 갑이 되어 여자를 을로 사용하려 하거나, 섹스 상대를 부풀려 자랑하는 방식으로 성공을 과시한다. 마지막으로, 남자는 성을 통해 자기존재가 증명된다고 여긴다. 그런 이들은 섹스할 때에만 사랑받는다는 느낌, 살아 있다는 느낌을 갖는다고 고백한다.

유아기 성 충동에서 사랑과 승리감, 안정감 등의 감정들이 발전되어 나오는 것은 사실이다. 하지만 성인이 된 후에 그런 욕구들이 섹스 행위로 충족되는 것은 아니다. 성취감은 사회적 역할을 해냄으로써, 사랑받고 있다는 느낌은 친밀한 대상과 갈등을 해결해나감으로써, 살아 있다는 느낌은 '지금 이곳'의 삶에 집중함으로써 경험하는 것이다. 하지만 어떤 남자들은 여전히 섹스라는 창구만으로 생의 문제들을 해결하려 한다. 그런 이들은 걸핏하면 상대에게 성적 매력을 느끼지 못한다면서 새로운 성적 대상을 찾아 떠돈다. 외도란 삶의 문제를 성숙하게 해결하지 못한다는 증거이며, 자기 문제를 타인에게 투사한다는 뜻이다.

간통제 폐지에 쾌재를 부르는 이가 있다면 그는 풍요로운 삶의 영역들을 성 충동 하나로 환원시켜놓은 사람일 것이다. 우리나라가 '바람의 왕국'이 될까봐 걱정하는 이들은 타인을 성 기관밖에 없는 단세포 동물로 인식하는 것인지도 모른다. 설사 그런 사람이 있어 인생을 리비도 구렁텅이에 처박아도 그것은 또 그 나름의 선택일 뿐이다.

시대 따라 변해온 남자의 여자 유혹법

한 남자가 돈 많은 미망인들을 유혹하여 재산을 가로챈 사건이 있었다. 그는 열명 이상의 여자에게 같은 행위를 반복한 다음 구속되었다. 하지만 그에게 돈을 뜯긴 여자들은 자발적으로 돈을 주었다고 진술하면서 그의 처벌을 원치 않았다. 남자는 출옥 후 다른 휴양도시를 방문해 새로운 규수를 유혹하기 시작한다. 그의 작업을 곁에서 지켜보던 사람이 여자를 유혹하는 비결이 무엇인지 남자에게 묻는다. 남자는 대답한다.

"그 일은 아주 쉬워요. 여자는 남자에게 소속되어 있지 않다는 사실 자체를 견딜 수 없어하기 때문이죠."

똘스또이(Lev Nikolayevich Tolstoy) 소설 중 오래전, 가부장제의 봉건시대 이야기다. 남자에게 선택받지 못했거나 제도 안에 소속되지 못한 여자는 스스로 부족하다고 여기는 편견의 시대가 있었다. 당시에 남자가 여자를 유혹하기 위해서는 장미꽃 한송이만 있으면 되었다. 생이 전적으로 남자에게 달려 있다는 사실을 위로받기 위해 여자에게는 낭만적 사랑의 환상이 필요했다. 소설 속 남자는 달콤한 말을 건네면서 여자들이 자기 환상에 속아넘어가는 광경을 지켜보기만 하면 되었다.

여성들이 교육받기 시작하면서 낭만적 사랑의 환상은 해체되었다. 여자 팔자는 '뒤웅박 팔자'라는 사실을 간파한 여성들은 가부장제에서 살기 위한 욕구를 솔직하게 인식했다. 여자의 욕구를 읽은 남자는 그에 맞게 유혹 전략을 바꾸었다. '평생 당신을 책임지겠다' '손에 물 한방울 묻히지 않게 해주겠다'는 여자에게 가장 잘 먹히는 유혹의 언어였다. 가장으로서의 책임감이 무거워 자주 화를 낼 수도 있다는 옵션은 공지하지 않았다.

가정의 지배체제는 국가의 통치체제를 모방한다고 한다. 절대 군주 한 사람에게 권력이 집중되었던 시대의 가부장제는 민주주의가 정착하면서 해체되기 시작했다. 여성들이 삶의 주도권을 자기 손에 쥐려 노력하자 남자들은 여자를 유혹하는 방법을 변화시켜야 했다. 근육을 키워 성적 매력을 발산하면서 여자를 유혹하기도 하고, 여자가 원하는 권력에 이르는 길을 안내하겠다고 제안하기도 한다. 주체적이라는 자기 이미지를 가진 여성에게는 모성애를 자극하는 기법을 사용하고, 가정 내 책임과 권력을 동등하게 나누기 원하는 여자에게는 요리 잘하는 모습으로 어필하기도 한다. 그럼에도 젊은 남자들은 자주 이렇게 말한다.

"그녀가 왜 떠났는지 모르겠다."

그것은 남자 탓이 아닐지도 모른다. 실은 여자도 진정한 자기 욕구가 무엇인지 알지 못하는 때가 많다.

여자를 유혹할 때 유념할 것들

동년배인 지인 여성은 만날 때마다 몸에서 여성성을 지운 모습을 보였다. 먼저 화장을 중단했고, 다음에는 쇼트커트로 헤어스타일을 바꾸더니 전체적으로 옷차림을 매니쉬하게 변화시켰다. 의도는 명확했다.

"아무리 지적인 이야기를 나누고, 동등한 입장에서 업무를 보려 해도 그들 눈은 먼저 여자의 상징들을 캐치하지. 그러면 평등한 관계는 어려워져."

물론 십수년 전 얘기이지만 보통 여성보다 앞선 행보였다. 얼마 전에는 자영업자 여성들이 모인 자리에서 이런 질문을 건네보았다. 남성과 같은 필드에서 사업할 때 어려운 점이 무엇인가. 의외의 답이 돌아왔다.

"남자들이 성적 대상으로 취급하는 것."

인류가 살아남기 위해 필요했던 기능인 성욕과 공격성이 현대사회를 살아가는 남자에게 늘 문제가 되는 것 같다. 오래전 여성은 여성성을 돋보이게 하는 기술로 생존 권력인 남자의 마음을 얻고자 하던 때도 있다. 남자의 의식 속에도 화장, 웃음, 애교로 무장한 채 남자 마음을 사기 위해 애쓰던 시절의 여자 모습이 각인되어 있을 것이다. 하지만 현대 여성들은 서서히 사회적 입지와 생존법을 변화시켜왔다. 반면 남자는 성적 대상이 아닌 존재로 여성을 대하는 법을 제대로 익히지 못했다.

1990년대 중반 미국 사회학자 앤서니 기든스(Anthony Giddens)는 현대사회의 남녀관계에 어떤 구조 변동이 일어났는지를 고찰했다. 인문학

분야의 연구들을 통섭하여 남녀의 친밀감에 균열이 생긴 이유를 짚어냈다. 개인의 나르시시즘, 병리적 상호의존성, 여성의 전통 역할 거부, 남성의 책임감 벗기 등등. 그리고 결혼의 미래를 두가지로 예측했다.

"친구관계 같은 결혼과 주거를 공유하는 결혼. 전자는 성적인 몰입은 낮아도 평등과 공감의 관계를 맺는다. 후자는 친밀함은 없어도 세상에서 살아가기 위한 안전한 환경을 공유한다."

남자들이 친밀한 관계 맺기에서 어려움을 느끼는 것은 어제오늘 일이 아니다. 예전에는 친밀한 태도 없이도, 남성 권력만으로도 여자를 얻을 수 있었다. 하지만 지난 수십년 동안 서서히 사회적 생존법을 변화시켜 온 여성은 자신을 오직 성적 대상으로만 보는 시선을 좋아하지 않는다. 결혼의 미래에도 성적 몰입은 배제되어 간다. 성욕을 앞세우는 유혹의 기술은 실패하게 마련이다. 오히려 남자 쪽에서 여성이 매력을 느낄 만한 존재가 되는 것이 더 유용한 유혹의 기술이다. 관계가 시작된 후에도 허겁지겁 여자를 탐해서는 안된다. 여자에게 관심 없는 듯 초연한 태도를 취하는 쪽이 승률이 높다. 비밀인데, 이것은 그동안 여자가 남자를 향해 사용해온 유혹법이다.

남자가 섹스를 통해 말하는 것들

불가에서는 팔만사천법문을 한자로 줄이면 '마음 심(心)'이라고 한다. 불교 수행자들이 수행 과정에서 일차적으로 도달하고자 하는 지점은 마음이 고요한 상태이다. 외부에서 오는 어떤 자극에도 마음이 흔들리지 않고, 내면의 어떤 욕구에도 몸이 들뜨지 않는 곳. 먼저 선정에 도달해야 지혜도 생기고 복덕도 자란다. 중생의 근기가 다양하기 때문에 수행 방법도 여러가지가 마련되어 있다. 참선, 간경, 사경, 백팔배, 염불 등등. 모두 고요한 마음으로 가는 길이다.

세속에서는 우리도 늘 불편한 마음을 편안케 하기 위해 노력한다. 마음이 항상 안팎으로부터 추동당하면서 날뛰기 때문에 저마다 몸에 익힌 해결법을 가지고 있다. 여자들은 수다, 잔소리, 쇼핑, 문화센터, 취미생활 등으로 마음을 조절한다. 남자들은 운동, 술자리, 노래방, 등산, 낚시 등 신체활동으로 내면의 불편한 감정을 해소시킨다. 그리고 남자에게는 특별한 방법이 하나 더 있다. 섹스.

남자들은 스트레스나 우울감을 떨치기 위해, 아내에게 미안한 마음을 표현하기 위해, 불안 분노의 감정을 덜기 위해 섹스를 한다. 어떤 남자들은 성 기관의 크기와 자기존중감, 섹스 시간과 자기 효능감을 등가로 여긴다. 목표를 성취한 남자는 성적 능력이 기세등등해지고, 좌절감에 빠진 남자는 성 기관 작동이 어려워진다. 마음이 섞여들지 않는 섹스는 없다. 용불용설을 거론하며 규칙적인 성생활이 건강을 지키는 길이라 믿는 이들이 말하는 건강도 실은 마음의 건강이 아닐까. 수많은 섹스도 한자로 줄이면 마음 심(心)이 될 것이다.

섹스가 위험한 도구, 도착적 행위로 변하는 이유도 마음에서 비롯된다. 공격 성향이나 자기파괴 욕구가 성을 매개로 표현되면 사디즘(sadism), 마조히즘(masochism)이 된다. 존재증명 욕구가 성을 통해 표현되면 상대를 만족시키는 것에서 승리감을 느끼며 많은 여자를 '정복'하려는 욕구로 이어진다. 약자 앞에 성 기관을 노출시키며 쾌감을 느끼는 행위는 약자가 선택하는 소극적 공격 행위이다.

미국 정신분석가 오토 컨버그는 사랑에 섞여드는 공격성과 성도착 심리에 대해 연구했다. 그는 성도착을 신경증, 경계성 인격장애, 악성 자기애 증후군 등과 연결 지어 설명한다. 그것은 모두 생애 초기 부모 이미지에 들어 있는 공포와 관련되어 있으며 성장 과정에서 획득해야 하는 양가성 통합을 이루지 못한 결과이기도 하다. 성도착은 결국 안전하지 않는 양육 환경에서 당사자가 심리적으로 살아남기 위해 선택한 왜곡된 생존법인 셈이다.

남자의 성행위 전
긴장 증상

아내들이 남편에게 실망할 때 공식처럼 등장하는 레퍼토리가 있다.

"결혼 전에는 달도 별도 따다줄 것처럼 믿음직스럽게 굴더니 결혼 후에 완전히 변했어요."

그 점에 대해서는 남자들도 인정하는 말이 있다.

"잡은 고기에게는 먹이를 주지 않는 법이죠."

어떤 남자도 입 밖에 내어 말하지 않지만 비슷한 실망감이 남자들의 내면에도 존재한다. 연애할 때는 섹시한 옷차림으로 고양이 같은 표정을 짓는 여자가 자기 욕구를 알아차리고 보살펴줄 것이라 기대한다. 결혼 후 얼마 지나지 않아 그것이 환상이라는 사실을 깨닫는다. 촛불 밝힌 저녁 식탁, 매혹적이고 그윽한 눈빛이 물 건너갔다는 사실을 고통스럽게 알아차린다. 남녀 모두 결혼 전 모습은 연출된 유혹의 코드였을 뿐이다. 그 사실을 받아들이면서 기대와 환상을 포기하고 현실감 있는 부부관계를 새롭게 정립해간다.

하지만 간혹 내면 환상을 포기하지 못하는 이들이 있다. 그들은 배우자가 만족시켜주지 않은 것을 채워줄 듯한 사람을 새롭게 찾아낸다. 적극적으로 찾아나서지 않아도 결핍의 시선에는 그런 가능성을 보이는 이들이 절로 포착된다. 결국 성욕을 오용하거나 남용하는 오류를 범한다. 처음 사회생활을 시작했을 때 그런 이들을 보며 혼자 했던 생각이 있다. 남자는 성욕을 통제하지 못해 인생을 망치는구나. 자신의 성욕을 통제하기 어렵기 때문에 그토록 여자를 통제하고, 걸핏하면 여자 핑계를 대며 책임을 전가하는구나.

성행위 전 긴장증(PST, Pre-sexual Tension)이라는 용어가 있다. 남자들이 보편적으로 경험하는 이 증상은 정신적으로 극도로 불안해진다는 특징이 있다. 감정 기복이 심해지고, 불안감이 외부로 투사되면서 적극적이거나 소극적 공격성을 보인다. 저 용어를 처음 제안한 학자는 같은 제목의 책에서 역사적 사건들에 PST가 미친 영향을 분석했다. 나폴레옹은 워털루전투 전야에 이렇게 말했다.

"오늘밤에는 안하겠다구? 오, 조세핀!"

쿠바 미사일 위기를 초래했을 때 흐루시초프(Nikita Khrushchev)는 두 달 이상 성행위를 멀리해서 심각한 PST 상태에 있었다고도 한다.

진실로 성숙한 남자는 자신의 성욕을 '자기 마음대로' 다룰 줄 아는 사람이라고 한다. 내면에서 날뛰는 야생마를 타고 내달리는 것도, 아예 말을 거세시키는 것도 좋은 방법이 아니다. 말을 안전하게 우리에 가두어 놓을 수 있어야 진정한 어른이다. 그런 이들은 어떤 매혹적인 여자 앞에서도 고요한 태도를 잃지 않는다. 이론적으로는 그렇다.

성 충동을 향해 내달리는 남자

『아웃사이더』(*The Outsider*)의 작가 콜린 윌슨(Colin Wilson)은 제도권 교육을 받지 않았음에도 20세기 문학작품 속 인물들을 '아웃사이더'라는 관점에서 묘파한 평론을 써서 세계적인 주목을 받았다. 그가 비슷한 종류의 책을 두권 더 쓴 후 발표한 책은 『어느 철학자의 섹스 다이어리』(*The Sex Diary of Gerard Sorme*)였다. 국내에서 출간될 때 제목과 표지를 픽션처럼 포장했지만 실제로 그 책은 그의 일기였다. 책의 대부분은 성욕과 성 충동에 대한 개인적인 고백들로 채워져 있다. 책을 읽어보면 그에게는 일상의 관심도, 삶의 추동력도 오직 섹스밖에 없는 듯 느껴진다. 작가는 자신의 성욕을 "우주를 향해 발사되는 로켓포 같다"고 묘사한다.

여성 입장에서 납득되지 않는 것이 남성의 성욕이다. 남자들은 무슨 일이 일어나면 그것을 성 충동과 연관시키기 좋아한다. 군부대에서 폭력사건이 발생하면 부대 주변 음성적 매매춘 시설을 정리했기 때문이라고 설명한다. 군부대에서 성폭행 사건이 일어나면 군인들에게 외박을 허락하지 않았기 때문이라고 해명한다. 성욕만 편안히 해결되면 세계 평화라도 즉각 이룰 듯 여긴다. 심지어 남자들은 성 기관에 '불수의근'이라는 이름을 붙이고 그것이 당사자의 뜻과 무관하게 작동한다고 믿고 싶어한다.

하지만 성으로 표현되는 모든 행위는 상당 부분 정신의 문제이다. 성 충동에 휩싸일 때 즉각 해소하지 못하면 폭발할 듯 느끼는 마음은 충동 조절 장애일 뿐이다. 불안, 분노와 같은 위험한 감정을 늘 섹스로 해소해 왔기 때문에 성욕이 해소되지 않으면 분노로 치환될까봐 두려운 것이다. 성 충동에 휩쓸리는 것은 또한 병리적 나르시시스트의 특성이다. 그들은 착취적 대상관계를 맺는데, 성에 관해서도 마찬가지이다. 성욕을 해소할 만만한 상대를 찾아내어 자기 욕구를 충족시키는 도구로 사용한다. 또한 그들은 원본능 충동을 상징, 은유화하는 과정을 밟지 못한 이들이다. 그들이 편집증적 충동에 휩싸이기 때문에 현실을 망각하는 게 아니라, 내면에 사회적 상징과 질서가 형성되지 않았기 때문에 충동을 향해 눈먼 듯 내달리는 것이다.

콜린 윌슨의 책 뒤쪽은 블랙 매직에 관한 이야기로 채워져 있다. 한밤에 마술사들이 펼치는 선악 투쟁 의례에 참관한 경험이 세밀히 기록되어 있다. 그의 정신구조 속에 이미 치밀한 망상 공간이 구축되어 있다는 의미로 읽혔다. 이후 그의 관심은 인류의 악마적 속성과 오컬티즘 쪽으로 선회했다. 상징화 과정을 거치지 못한 본능 에너지, 현실감각을 획득하지 못한 재능이 낭비되는 사례를 보는 듯했다.

바람둥이는
아픈 사람이다

연전에 교육방송에서 마이클 샌델(Michael J. Sandel) 박사의 강연 씨리즈를 방영한 적 있다. 그날 주제는 '성공한 사람은 사회에 대한 책임이 있는가'였다. 성공한 개인은 사회에 긍정적 역할을 할 의무가 있다는 주장과 성공은 오직 개인적 노력의 결과이므로 사회에 갚아야 하는 빚은 없다는 주장을 놓고 토론했다. 강연 중 샌델 박사가 학생들에게 형제자매 중 첫째 아이인 사람은 손을 들라고 했다. 강당에 모인 학생의 80퍼센트 이상이 손을 들었다. 그 장면이 인상적이었던 이유는 심리학의 가족구조이론이 현실에서 확연히 증명되었다는 것과 샌델 박사가 그것을 검증했다는 점이다.

"첫째 아이는 가족의 페르소나 역할을 한다. 부모의 기대와 소망, 가족이상을 온몸에 떠안고, 그런 사람이 되려고 노력한다."

샌델 박사는 학생들에게 '여러분은 첫째 아이로 태어나기 위해 무슨 노력을 했는가' 물었다.

이른바 바람둥이 남자는 어떤 여자에게 매혹적으로 보인다. 풍부한 경험을 바탕으로 여자를 능숙하게 다루기 때문에 그와의 연애는 생의 절정과 같은 경험을 선사한다. 물론 절벽이 준비된 경험이지만. 그런 관계 끝에서 고통받는 후배 여성에게 이렇게 말해준 적이 있다.

"바람둥이는 나쁜 사람이 아니라 아픈 사람이야."

그들은 유아기에 양육자와 안정적 애착관계를 맺지 못한 이들이다. 성장기에 가까운 가족과 예상치 못한 이별을 경험한 후 친밀한 상대가 떠날지도 모른다는 두려움을 무의식에 간직하게 된 이들이기도 하다. 그들은 연인이 떠날까봐 두려워 먼저 등을 돌리는 사람이 된다. 상실 경험이 없더라도 사랑과 분노를 번갈아 내미는 양육자에게서 성장한 사람이라면 사랑할 때 느끼는 불안과 질투를 처리하기 어려워진다. 내면의 부정적 감정을 상대에게 투사하여 연인의 결점을 찾아내고 실망감을 느끼며 돌아선다.

위와 같은 조건이 없어도 바람둥이는 태어난다. 가족이론에서, 첫째 아이가 가족의 페르소나를 담당한다면 둘째 아이는 가족의 무의식을 떠맡는다. 둘째는 한 가정이 사회적 얼굴 밑에 숨겨둔 반대편 감정과 욕구를 떠안은 채 그것을 행동화한다. 둘째 아이가 유난스럽다는 통념에는 그런 배경이 있는 셈이다. 특히 엄마가 무의식에 억압해둔 성적 욕망은 자연스럽게 둘째 아들에게 흘러들어간다. 여성에게 은장도를 강요하던 시대에 세기적 난봉꾼이 많았던 이유가 거기 있었을 것이다. 그런 의미에서 여성이 성적 자기결정권을 갖는 일은 중요하다. 바람둥이 남자는 상대를 아프게 하기 전, 자신이 먼저 내면에서 고통스러운 삶을 살기 때문이다.

성욕이
상징화되지 않은 남자

사적인 자리에서 한 여성이 진지하게 물었다.

"내가 아는 한 남자는 세상 모든 여자를 자기 거라고 생각한다는데, 그럴 수도 있는 건가요?"

믿을 수 없어 나도 되물었다. 정말 그런 언어를 사용했는지. 그녀는 사실이라고 확인시켜주면서 그가 결혼한 중년 남자라고 부연했다.

진화심리학에서는 인간이 진화하면서 발전시켜온 두가지 탁월한 기능으로 성욕과 공격성을 꼽는다. 그것은 인간 생명체의 절대적 소명, 종족이 끊이지 않고 번성하도록 하기 위한 필수 기능이다. 수컷 인간은 되도록 많은 곳에 정자를 뿌려 자손이 살아남을 확률을 높이고자 한다. 암컷 인간은 제한된 수의 난자를 효율적으로 사용하기 위해 출산과 양육에 적합한 상대를 까다롭게 고른다. 그리하여 21세기에도 남녀는 소개팅 후 반응이 확연히 다르다. 남자는 친구가 여자를 만났다고 하면 단 하나만 묻는다.

"예뻐?"

여자는 소개팅했다는 친구에게 묻는 것이 많다.

"나이는? 키는? 부모님은? 연봉은? 성격은?"

저 말들은 가끔 정자와 난자의 목소리처럼 들린다.

그럼에도 인간은 성적 욕망을 날것 그대로 행동화하지 않는다. 성장하면서 본능을 상징화하고, 욕망을 현실에 적합하게 포장하는 법을 배우기 때문이다. 상징화된 성욕은 권력욕이나 명예욕으로 대치되고, 현실 점검을 거친 성욕은 승화된 형태로 표현된다. 학문, 예술, 운동에 대한 몰두 같은 것.

프로이트는 인간 정신에 세가지 기능이 있다고 제안한다. 원본능, 자아, 초자아. 건강한 자아를 가진 사람은 욕망덩어리인 원본능의 고삐를 잘 제어할 수 있고 초자아의 통제나 금지에 죄의식을 느끼며 반발하지 않는다. 자아는 원본능과 초자아를 조절하며, 양쪽 영역으로부터 에너지를 흡수하여 더욱 강화된다.

남자가 원본능 영역에서 세상 여자가 모두 자기 것이었으면 좋겠다는 판타지를 품을 수는 있을 것이다. 하지만 그것을 언어로 표현한다면 이미 사회적 자아가 제대로 작동하지 않는다는 뜻이다. 심지어 그 욕망을 행동화하여 불특정 다수 여자를 향해 사냥꾼의 태도를 보인다면 자아가 심각하게 취약하다는 의미이다. 그럼에도 현실에서는 성욕이 상징화되지 않은 남자, 성욕을 승화적으로 표현할 줄 모르는 남자가 자주 목격된다. 그런 이들은 원본능의 질주에 끌려다니면서, 초자아의 감시 목소리에 짓눌리면서, 불안과 죄의식에 시달릴 것임에 틀림없다. 그 불편한 감정들을 회피하기 위해 또다시 성적 대상을 추구할 것이다. 그토록 막막한 자멸의 폐쇄회로라니.

남자의 삶은
욕동 관리에 달려 있다

연전에 한 구청 문화센터에서 강연한 일이 있다. 아침시간 강당에 모인 이들은 대체로 장년 이상 연배였는데, 자발적 참여라기보다는 구청에서 받는 혜택에 옵션으로 붙은 의무를 수행 중인 듯했다. 그런 방법으로라도 주민들에게 위로와 성찰을 제공하려는 주최 측의 노력도 짐작되었다. 강연 주제는 남자의 욕동(drive) 관리법에 관한 것이었다.

개인적으로 한 인간의 삶의 성패는 리비도 영역의 욕동을 어떻게 관리하느냐에 달려 있다고 생각해왔다. 욕동이란 분노 같은 파괴적 감정과, 성욕 같은 원초적 본능이 뒤섞인 에너지이다. 보통의 성숙한 사람은 승화적 방법으로 욕동을 처리한다. 신체 운동이나 건강한 취미생활, 창조적 예술활동 같은 것. 그보다 덜 건강한 이들은 욕동 에너지에 끌려다니며 자기파괴적 행위 쪽으로 이동한다. 술이나 마약 등 중독물질에 탐닉하거나, 거듭되는 외도로 생을 낭비한다. 그중 최악은 욕동 에너지를 통제하지 못한 채 친밀한 상대에게 쏟아내는 이들이다. 그들은 자기에게 가장 소중한 이들을 파괴한다. 아내나 자녀에게 폭력을 휘두르거나 이별을 말하는 연인에게 극단적 위해를 가한다. 강연의 큰 틀은 그런 내용이었고 주변에서 흔히 만나는 일화를 예로 들었다.

강연이 끝난 후 청강자였던 이들과 함께 엘리베이터를 탔다. 일행 중 나보다 윗 연배로 보이는 남자가 곁눈으로 내려다보며 말했다.

"오늘은 남자 성토회장에 온 것 같군. 왜 결혼을 못했는지 알겠네."

명백히 비아냥거리는 말투였고 입꼬리까지 비틀어 보였다. 대한민국에서 오십년 이상 살다보면 그런 반응이야 간식처럼 만나는 터라 새삼스러울 게 없었다. 그는 강연장에 앉아 있는 동안 마음이 불편해졌고, 불편한 욕동을 곧바로 내게 집어 던진 셈이다. 그럼에도 나는 그가 왜 강연을 불편해했는지 생각해봐야 했다. 나 역시 그에게서 건네받은 불편한 감정을 이해하고 해소할 필요가 있었기 때문이다.

그는 내가 남자들의 못난 측면을 들추며 그들을 모욕하려 한다고 느낀 것 같았다. 어쩌면 공격당한다고 느꼈을지도 몰랐다. 박해감 위에는 나르시시즘도 작용하는 듯했다. 옳고 선하고 정당하다고 믿어온 자기 이미지가 흔들리는 이야기를 듣기 불편했을 것이다. 남자들이 공격받았다고 여기며 한층 공격적으로 변하는 지점에는 대체로 나르시시즘이 깨어지는 고통을 회피하는 방어기제가 작용한다. 그 무엇보다 그의 나르시시즘에 생채기를 입힌 요소는 자기보다 '어린, 여자'에게서 그것을 받았다는 점일 것이다.

성욕이라는 종마를 안전하게 다루기

한 남성은 한때 거리에서 익명의 여자 옆에 서서 걸어보곤 했다고 고백했다. 불특정 다수의 여자를 추행하려는 의도는 아니었다. 그가 알고 싶은 것은 자신의 내면이었다. 그는 몸집 큰 여자 옆에 서면 숨 막히는 듯한 압박감을 받았기에 그런 자신을 거듭 실험해보았다. 궁극적으로 그가 알고 싶었던 것은 자신이 편안함과 성적 자극을 느끼는 여성 유형이었다.

남자들은 대체로 여성의 성적 매력이 그녀의 외모나 태도에서 비롯된다고 믿는다. 하지만 엄밀히 따지면 여성의 성적 매력은 여자에게 달린 게 아니다. 남자가 '여자를 바라보는 관점'에 달려 있고, 더 엄밀히 따지면 내면에 형성된 '대상을 선택하는 특별한 기준'에 의해 좌우된다. 그 기준은 물론 내면에 고착된 초기 애착대상의 이미지 주변에서 만들어진다.

그럼에도 자본주의 시장이 남자에게 강요하는 과장되고 도발적인 성 이미지가 있다. 술이나 남성용품을 광고할 때 여성 모델을 내세워 성적 가능성을 암시하는 포즈를 취하게 한다. 매혹적인 여성이 유혹하는 눈빛으로 '내게 와봐요' 하는 자세를 취하면 남자들은 그 광고를 보는 것만으로도 남성다움을 확인받는 듯 도취된다. 그 결과 남자들은 자신의 힘을 여자에게 양도한다. 성적 만족을 주는 대상, 섹시 아이콘을 만들어 숭배하면서 여자가 자신의 욕망을 지배하도록 내버려둔다. 여자에게 권력을 내어준 결과 필연적으로 무력감을 느끼게 되고, 거기서 비롯되는 불안감은 다시 '몸집 큰 여자'에게 투사된다. 우리나라의 '삼촌 팬'들이 유독 어리고 연약한 여자에게 열광하는 이유는 그런 심리의 결과가 아닐까 싶다. 자본주의 시장의 마케팅 전략에, 남자들이 불안으로부터 도피하는 오랜 행동 양식이 뒤섞여 거듭 남자의 영혼에 펀치를 날리는 게 보인다. 정신이 몽롱한 상태로 남자들은 다시 욕망을 오남용하고 싶은 유혹, 유희적 로맨스에 빠지고 싶은 충동에 이끌려간다.

"진실로 성숙한 남자는 자신의 성욕을 '자기 마음대로' 다룰 줄 아는 사람이다. 그는 욕망이라는 종마를 우리에 가둬놓은 사람이다. 종마를 우리에 가둘 수 있을 때에야 비로소 그 욕망을 원하는 방향으로 몰고 갈 수 있다."

뉴질랜드 심리학자 스티브 비덜프의 말이다. 우리 사회에서 성을 둘러싼 담론들이 활발해진 것은 우리가 성을 건강하게 사용하는 방법에 대해 성찰하기 시작했다는 의미일 것이다. 화가 날 때마다 화를 내서는 안되는 것처럼, 성욕이 충동질할 때마다 그것을 행동화해서는 안된다는 사실도 수용해야 한다.

성 중독의 세 단계

동년배인 지인 남성은 자신이 한때 성 중독자였다고 말해주었다. 우리 세대가 젊음을 바쳐 추구했던 이상이 무위로 돌아간 후 우울감에 휩싸였던 삼십대 중반, 그는 은밀히 성 중독자가 되어 갔다. 제도 속으로 편입해 사회생활을 시작했지만 좌절감과 죄의식에 늘 마음이 무거웠다. 처음에는 퇴근 때마다 매춘 골목을 찾았는데 나중에는 점심시간에도 그곳에 들렀다. 그런 후 다시 좌절과 죄의식을 감당해야 했지만 그것 말고 어떻게 그 시간들을 건너야 할는지 알지 못했다.

심리학자 패트릭 칸스(Patrick Carnes)는 성 중독을 세 단계로 구분한다. 1단계에는 외도와 매춘, 포르노그래피를 동반하거나 동반하지 않는 강박적 자위행위, 적극적으로 성 상대를 물색하러 다니는 행위 등이 포함된다. '남자라면 누구나 그 정도는 하지 않나?'라고 생각할지도 모르겠다. 알코올에 의존적인 우리 사회가 다 같이 알코올에 관대하듯, 감정과 정서 문제를 성으로 치환시켜 해결해온 우리는 성 윤리에서도 아량이 넘친다.

성 중독 2단계에는 관음증, 노출증, 음란 전화, 음란 행위 등이 있고, 3단계에는 근친상간, 성추행, 성폭행 행위 등이 포함된다. 2단계와 3단계 성 중독 행위는 반드시 희생자를 낳게 되고 법적 처벌이 따른다. 특히 3단계 행위는 피해자에게 주는 고통이 심하기 때문에 그 처벌도 무겁다.

우리가 성과 관련된 범죄를 말할 때 외면하는 것이 성 중독 문제이다.

전문가들은 성범죄 배경에는 반드시 성 중독 증상이 자리 잡고 있다고 설명한다. 다른 종류의 중독처럼 성 중독도 상실과 슬픔, 불안과 분노의 문제를 잘못된 대상에 의존해서 해결하려는 습관에서 비롯된다. 이따금 뚜렷한 심리적 외상이 없음에도 강박적 외도 습관이나 성추행 충동 때문에 고통받는 이들이 있다. 그들은 성범죄 피해자인 어머니를 두었을 가능성이 높다고 미국 심리학자 존 브래드쇼는 설명한다. 성 충동과 관련해 어머니가 해결하지 못한 불안과 분노가 자녀의 내면으로 스며들면, 그 자녀는 성인이 된 후 성과 관련된 충동조절에 어려움을 느끼게 된다.

한때 성 중독을 경험했던 그는 결혼 후 증상이 완화되었다고 한다. 안정된 애착관계를 맺고 새로운 삶의 의미를 찾았기 때문일 것이다. 성 상대를 물색하는 인터넷 싸이트가 논란이 되고 있다. 정작 그 싸이트 개설자는 외도를 하지 않는다고 한다. 그물을 쳐놓고 타인의 주머니와 영혼을 털려는 사람보다 더 나쁜 부류는 성 중독의 문제를 덮어두려고만 하는 사람들, 어쩌면 우리 자신일지도 모른다.

새로운 남자 행동지침을 위하여

남자의 성범죄가 여성 인권과 관련된 사회문제로 인식되던 초기에 한 지인 남성에게 물어보았다. 성범죄 뉴스를 대할 때 남자로서 어떤 감정을 느끼는지. 그는 진솔함이 묻어나는 목소리로 대답했다.

"죄의식 같은 거. 내가 저지른 일이 아님에도 마음이 불편해지는 느낌이야."

결혼에 로맨스가 접목된 역사가 오래되지 않았듯이, 성에 사랑이 결부된 역사도 일천하다. 21세기에 이르러 남자에게 가장 어려운 숙제는 여자를 사랑하는 일이 아닐까 싶다. 로맨스 영화를 보며 사랑을 배운 여자와 '야동'을 보며 사랑을 배운 남자가 만나 연애할 때 늘 헛갈리는 대목은 섹스이다. 여자들은 자주 남자가 자신을 성적 대상으로만 사용하는 게 아닌가 의심하고, 남자들은 여자가 섹스를 거부할 때 존재 전체를 거절당한 듯 좌절한다. 그래서 손쉬운 방법을 선택한다. 진실하지만 복잡미묘한 사랑의 감정을 헤쳐나가기보다는 '사랑처럼 보이는 것'을 구매한다.

"매춘업은 남자들의 정서적 가난에 의존하고 있다."

뉴질랜드 심리학자 스티브 비덜프의 말이다. 정신분석학은 성이 단순히 신체기관 작동에 관한 문제가 아니라는 사실을 제안했다. 유아기 성충동과 그것을 처리하는 과정에서 우리의 정신구조와 자기개념이 만들어진다. 수치심과 경쟁심, 전능감과 위축된 자기 이미지 등이 성 충동을 중심으로 파생되어 나온다. 성범죄 뉴스를 접할 때 느끼는 죄의식도 그곳에 뿌리를 두고 있다.

남자들은 이제 성 의식을 정립하고 성과 관련된 행동규칙을 익히는 새로운 과제를 안은 듯 보인다. 연전에 한 대학교의 강사 휴게실에서 성추행이 될 수 있는 행동을 규정해둔 공지문을 본 적 있다. 스무개쯤 되는 항목에는 '뒤에서 안듯이 접근하면서 학생을 가르치지 않는다'는 내용도 있었다. 최근에는 군부대에서 성추행을 피하기 위한 남자 행동지침을 내놓았다. 여자와 악수할 때, 여자와 좁은 공간에 머물 때 어떻게 하라는 규정이다. 여자를 통제하던 과거의 방식을 남자를 통제하는 새로운 방식으로 바꾼 셈이다. 차라리 '모든 여자를 내 누이나 어머니라고 생각하라'는 불교의 가르침이 나아 보인다.

몇몇 남자들이 저지르는 성범죄 때문에 다수의 남자들이 무의식적 죄의식을 감당하고 있으리라 짐작된다. 남자에게 성과 관련된 행동규칙을 쥐어주는 일보다 앞서야 하는 것은 인식의 변화이다. '여자가 성적 대상이 아니라 남자와 똑같은 감정, 생각, 인격을 가진 인간이다'라는 인식이 서야 한다. 문제는 남자들이 자신의 감정과 생각에 대해서조차 무지하다는 점이지만.

남자가 아직 말하지 않은 것

아주 오래전, 업무관계에 있던 이와 저녁식사를 한 일이 있다. 남성 권력자로서 그가 반대편에 있는 내게 모종의 실수를 하고 그것을 수습하는 자리였다. 서로 불편한 마음으로 인내의 술자리를 마친 후 버스정류장을 향해 걷는데 취기가 오르는 듯 그가 벤치에 걸터앉았다. 그리고는 혀가 말려들어가는 발음으로 군대 이야기를 꺼냈다. 두서없는 내용, 흩어지는 언어, 파편화되는 이미지를 그러모으면 군복무 시절의 성 관련 폭력에 관한 이야기였다. 혼란이 밀려왔지만 나는 아무것도 못 들은 척 서둘러 그를 택시에 태워 보냈다. 그후 그를 마주친 일이 없다. 얼마 후 회사에 사표를 냈다는 풍문이 들렸고, 이후 영영 필드에서 사라졌다.

외국 정신분석 책에서는 성폭행 피해 남성들의 치료 사례를 드물지 않게 만난다. 소년기에 이웃집 노인에게, 청소년기에 교사, 의부, 혹은 다른 성인에게 성추행이나 성폭행당한 사례들이 나온다. 그 경험의 파괴성으로부터 자기를 지키기 위해 고단한 치유 과정에 들어선 이들은 자기 경험을 거듭 이야기하고, 억압된 울분을 바깥으로 쏟아낸다.

성폭행은 단순한 성의 문제나 폭력의 문제가 아니다. 그것은 한 개인의 정체성과 관련된다. 인간은 유아기부터 신체적 욕망과 친밀감을 어떻게 충족시키고 처리하느냐에 따라 성격과 생존법을 만들어 가진다. 자기 존중감, 사랑할 수 있는 능력, 공감 능력 등은 사랑과 성 의식에서 파생되는 정신 역량이다.

유아기나 소년기에 경험하는 성폭력은 성인으로 잘 형성되어 가는 정신에 대못을 박는 일이 된다. 성인이 된 후의 경험이라고 해서 해악이 덜하지는 않다. 다만 치료를 위해 용기를 내고 그나마 스스로를 돌볼 수 있다는 점에서 조금 차이가 있을까. 우리 사회에서 성폭력 피해 여성들이 자기 이야기를 꺼내놓고 적극적으로 문제를 해결하기 시작한 지 이십년 남짓 되었다. 하지만 성폭력 피해 남성은 아직 말이 없다. 아마도 그들은 가해자보다 간절히 그 경험을 묻어두고자 하지 않을까 짐작된다.

예전의 그가 내게 뒷수습이 필요한 행동을 했던 이유는 내면에 분노가 억압된 폭력 피해자였기 때문이다. 술김에 충동적으로 그 이야기를 꺼낸 이유는 치유가 필요하다는 사실을 무의식에서는 알고 있었기 때문이었을 것이다. 필드에서 사라진 그가 자기 삶을 어둡고 후미진 곳으로 몰아가지 않았을까 상상하는 것은 비슷한 여성 사례를 알기 때문이다. 우리나라 성폭력 피해 남성도 언젠가는 자기 경험을 용기 내어 이야기할 수 있을까. 혼자 생각이 많아진다.

성폭행 피해자 어머니의 아들

"세계는 완전히 해체되어 버렸고, 동시에 삶이 매일 새롭게 시작된다는 환상도 사라졌다. 공부나 희망도 무의미해졌고, 어느 식당이 좋다거나 어느 색깔이 마음에 든다거나 하는 느낌도 존재하는 않았다. 질병과, 내가 그 속에 잠겨 있다고 느껴지는 죽음만이 존재하고 있었다."

인용문은 20세기 위대한 작가 알베르 까뮈의 글이다. 그가 청년기에 경험한 사건을 기술한 후 그 뒤에 덧붙인 소회이다. 한순간 인간의 정신을 죽음만이 존재하는 곳으로 밀어넣은 사건은 그의 어머니의 성폭행 피해 경험이었다.

"어느날 저녁 한 사내가 집에 침범하여 어머니에게 '난폭한 짓'을 하고 도망쳤다. 어머니는 기절했고 나는 의사가 시킨 대로 어머니 곁에서, 어머니와 나란히 누워 밤을 지냈다."

성폭행 피해를 당한 후 그와 관련된 심리적 문제를 해결하지 못한 여성이 내면 증상을 아들에게 물려준다는 사실을 알게 되면 남자들은 많이 놀라운 모양이다. 한 지인은 그 사실을 알고 난 후 성 충동과 관련해 느껴오던 죄의식이 다소 가벼워졌다고 말했다.

결혼 전 여성에게 가해지는 성폭행은 물론 그녀 자신에게 가장 나쁘다. 성 충동에서 모든 정신 기능들이 파생되어 나오기 때문에 성과 관련된 폭행은 존재의 근간을 흔드는 독성이 된다. 결혼 후에는 남편에게 어려움을 떠안긴다. 성과 관련된 아내의 불안 분노가 가정 공간에 흩뿌려

지기 때문에 남편 입장에서는 이유 모를 정서적 어려움을 떠안는다. 그 남편은 내면의 불편들을 해소하는 방법으로 아내에게 신체적 정서적 폭력을 되돌려줄 가능성이 높다. 어머니의 불행한 내상이 마지막으로 흘러드는 곳이 어린 아들의 내면이다.

청년 까뮈가 성폭행당한 어머니 곁에 누워 밤을 보낼 때 그의 내면은 곧 어머니의 내면과 같았을 것이다. 어머니는 아픈 상태로 누워 있었을 뿐이지만 죽음 같은 감정은 물처럼 흘러 아들 내면을 적셨을 것이다. 그런 관점에서 보면 까뮈가 '부조리'라고 명명하는 세계, 작품에 묘사하는 비현실적 세계의 뿌리는 다른 곳에 있지 않다. 그의 내면에서 '완전히 해체되어 버린 세계'의 연장일 뿐이다. 그의 소설 인물은 '햇빛 때문에' 사람을 죽이고, 감옥에 갇혀 '사람들의 비난을 받으며' 죽고 싶어한다. 까뮈가 죽음 충동을 행동으로 표출하지 않을 수 있었던 것은 그 글들 덕분이었을 것이다.

"나의 내면에는 선천적 불구와도 같은 무관심이 존재한다."

그의 고백을 읽으면 그가 살아남기 위해 얼마나 힘들게 내면 감정을 방어했는지 짐작이 된다.

남자의 이상한 질투 표현법

이따금 만날 때면 연애상담을 해오는 사춘기 조카가 있다. 한때 여자친구의 마음을 얻는 법을 묻더니, 얼마 후 "아무도 나를 사랑하는 사람이 없는 것 같다"고 상심을 표현했다. 이번에 또다시 여자친구 마음 얻는 법을 묻기에 나름대로 최선의 답을 골라냈다.

"관심을 보이되, 부담은 주지 마."

그 속뜻까지 이해할까 싶었는데 조카가 감탄사를 뱉으며 크게 깨달았다는 표정을 지었다. 알아차린 것을 설명해보라고 하자 이렇게 답했다.

"선물 같은 것을 주고, 말없이 돌아서는 거요."

질투는 사랑하는 관계에 있는 두사람과 사랑의 경쟁자로 등장한 세번째 사람 사이에서 일어나는 감정이다. 질투의 심리를 연구한 미국 진화심리학자 데이비드 버스(David Buss)는 연인들이 상대방의 관심을 유지시키기 위한 전략으로 질투의 감정을 사용해왔다고 설명한다. 그는 인간의 숨겨진 욕망, 즉 정해진 짝 이외에 다른 외도 상대를 찾으려는 열정에서도 그 전략이 드러난다고 말한다. 하지만 그 전략은 위험한 측면이 있다. 미국에서 연인이나 남편에게 살해당한 여성의 60퍼센트 이상이 이별 통보 직후, 혹은 이혼 전 별거 과정에서 해를 입었다는 통계를 제시한다. 여자가 헤어지자고 말하면 남자는 그 말을 '다른 남자에게 가겠다'는 의미로 이해한다는 것이다.

남자의 질투 표현에는 또다른 이상한 측면이 있다. 질투에 휩싸인 여자는 사랑의 경쟁자를 찾아가 머리카락을 쥐어뜯는 반면 질투에 휩싸인 남자는 대체로 사랑하는 당사자에게 폭력을 가한다. 질투 이외의 다른 심리적 요소가 섞여 들기 때문이다. 양가성을 통합하지 못해 가장 사랑하는 사람에게 가장 큰 분노를 쏟는다든가, 성숙한 분리가 이루어지지 않아 사랑 대상을 소유물로 여기며 생사여탈권까지 쥐고 있다고 믿는 성향 같은 것. 무엇보다 남자는 자신이 투자한 시간과 열정과 금전에 대해 적절한 보상이 돌아오지 않는 점에 분노한다. 짝사랑이 받아들여지지 않았을 뿐인데 아무도 자신을 사랑하는 사람이 없는 것 같다고 느끼는 사춘기 조카처럼.

턱도 없이 헌신적인 사랑을 꿈꾸는 후배 여성에게 이렇게 말해주곤 한다. 남자와 대등하게 존중받는 연인관계를 유지하고 싶으면 공정한 거래를 해야 한다고. 남자는 저녁 한끼 사주면서도 오늘밤 이 여자와 잘 수 있을까 생각하고, 가방 정도를 사주면 당연히 그녀를 '자빠뜨릴 수 있다'고 믿는다고. 사랑을 주면서 알뜰히 계산해서 보상받으려는 마음을 비우면 한층 행복해지지 않을까.

사랑을 거절당한 남자의 못난 복수

세상의 모든 남자는 경쟁을 기본 원칙으로 살아간다. 업무뿐 아니라 운동, 취미활동, 음주 시에도 그 밑바탕에는 경쟁 심리가 깔려 있다. 심지어 남자들은 소변기 앞에서 은밀히 오줌 줄기를 비교한다. 사실 남자의 경쟁심은 세상을 돌아가게 하는 기본 동력이다. 실패한 사업을 되살리고 가문의 명예를 회복하기 위해 의연히 일어날 때 남자의 경쟁심은 명예로운 것으로 칭송된다. 하지만 어떤 남자들은 분연한 복원 노력을 못난 방식으로 표출한다. 사랑을 거절당했을 때 찌질하게 되갚는 남자 이야기이다.

단지 여자에게 사랑을 고백했다가 거절당했을 뿐인데도 어떤 남자들은 상대방에 대해 헛소문을 퍼뜨리며 '나쁜 년'으로 모함한다. 남성 중심 세상에서 남자들 사이에 은밀하게 떠도는 나쁜 소문의 주인공이 되는 여성 입장 따위야 상관할 바 아니다. 권력을 빌미로 저녁식사에 초대해 '어떻게 해보려다가' 시도가 무산되면 금세 업무상 불이익을 준다. 상대적 약자의 위치에 있는 여성이 그런 제안을 처리할 때 공중 줄타기하는 심정이 된다는 사실 따위야 관심 없다.

연애하다가 헤어지면 물리적 폭력쯤은 사용해도 된다고 믿는 남자도 있다. 다양한 방법으로 스토킹하거나 자해를 시도할 때 상대방이 얼마나 큰 공포를 느낄지 상상하지 못한다. 결혼했다가 헤어지면 자기 인생이 망가졌다고 느끼면서 상대방의 인생을 망가뜨려도 된다고 생각하는 남자도 있다. 그런 폭력에는 간혹 많은 희생이 따르고 사회적 비용도 소모되지만 당사자는 오직 자신의 분노밖에 볼 줄 모른다. 사랑을 거절당했을 때 여자에게 보복하는 남자는 자기가 투자한 시간, 돈, 에너지에 비례해서 화낼 자격이 있다고 여기는 듯하다.

'자기애적 분노'라는 용어가 있다. 스스로를 특별하고 우월한 사람이라 여기면서 거절당하는 일에 대해 모욕감, 분노를 느끼는 감정을 말한다. 사랑을 거절당한 남자들이 느끼는 감정이다. 무엇보다 남자들은 자기를 거절한 여자가 다른 남자의 차지가 되었다는 사실을 참지 못한다. 경쟁에서 졌다는 열패감까지 더해져 자기가 갖지 못한 여자를 파괴하고 싶어한다.

사랑을 잃은 사람이 느끼는 온당한 감정은 상실감과 슬픔이다. 하지만 '핵존심'으로 무장된 남자는 그런 패배적인 감정을 인정할 수 없다. 상대방을 비난하면서 분노, 복수 등으로 행동하고 표현하는 게 덜 아프고 안전하다 여긴다. 자기 마음을 인식하지 못하는 남자, 불편한 감정을 성숙하게 처리하지 못하는 남자가 폭탄처럼 위험해지는 사례를 우리는 날마다 목격하고 있다.

한국 남자의 국제경쟁력

2010년 봄에 나는 이집트를 여행했다. 사회주의 체제의 이슬람 국가는 여자 혼자 여행하기에 부적합하다는 사실을 그곳에 도착해서야 알았다. 카이로 시내 어둑한 까페에는 중년 이상의 남자들이 둘러앉아 물담배를 피우고 있었고, 여행객을 배려한 식당은 찾기 어려웠다. 다행히 미국계 피자가게 하나가 영업 중이어서 자주 그곳에서 휴식과 식사를 겸했다. 그곳 실내에 있는 텔레비전에서 어느날 한국 드라마 「풀 하우스」가 방영되었다. 성격 까칠한 남자 주인공이 여주인공을 일편단심 사랑하는 백마 탄 기사가 된다는 내용이었다. 젊은 남녀가 데이트할 공간조차 마땅치 않은 그 도시에서 드라마는 여성 관객에게 엄청난 환상을 심어주겠구나 싶었다.

「여자는 무엇을 원하는가?(Was will das Weib?)」는 프로이트 논문 제목이다. 여자의 무의식 속 결핍감에 대한 고찰이며, 여자가 진실로 소망하는 것은 남근 권력이라고 제안한다. 하지만 다른 관점에서 보면 논문은 남자의 욕망을 담고 있다. 여자가 무엇을 원하는지 알면 그것을 제공하고 남자가 원하는 것, 일상적 돌봄이나 섹스 같은 것을 돌려받고자 하는 남자의 무의식이 더 많이 내포된 듯 읽힌다.

하지만 그 질문조차 서양 문화권의 것이고 우리나라 남자들은 오래도록 그런 질문을 하지 않았다. 우리 세대는 여자에게도 개별적이고 주체적인 욕구가 있다는 사실을 투쟁하듯 말해야 했다. 당연히 서양 문화권과 비교할 때 한국 남자들은 여성에게 어필하는 매력 측면에서 경쟁력이 떨어진다고 생각했다. 2001년에 중국을 방문해 한 가정에 초대받았을 때는 남편이 적극적으로 요리하는 광경을 보면서 우리나라 남자들은 중국 남자들과도 게임도 되지 않겠구나 싶었다. 물론 우리 세대까지의 이야기이다.

이제 한국 남자의 매력은 국제경쟁력을 갖추어가는 듯 보인다. 요즈음 젊은 남자들은 여자가 무엇을 원하는지 질문하면서 파트너의 욕구를 배려한다. 그중 한국 남자의 부가가치 향상에 결정적 도움을 준 것은 한류 드라마 속 남자 주인공 이미지가 아닐까 싶다. 화면 속 주인공들은 덜 권위적인데다 꽃미남 외모에 백치미를 자랑한다. 한류 드라마가 소비되는 나라의 여성들이 한국 남자와 친밀한 관계를 맺는 현상이 더 잦은 것도 사실일 것이다. 프로이트도 '남자는 무엇을 원하는가' 질문하지 않았다. 여자의 욕구에 부응하고자 하는 남자들의 노력이 그들에게 새로운 억압이 되지 않기를, 환상이 깨어진 자리에서 여자들이 냉혹한 현실과 잘 관계 맺기를 소망한다.

여자의 웃음에 약한 나르시시스트 남자

오래전 삼십대 여성의 고충을 들은 일이 있다. 거래처 남자 상사의 저녁식사 초대에 응한 일이 있는데 그의 술자리 매너가 깔끔하지 못했다고 한다. 그녀는 불쾌감을 느꼈지만 최대한의 인내심을 발휘하여 그 자리를 마무리했다. 그후 남자는 정기적으로 전화를 걸어 저녁식사를 제안했다. 마음 같아서는 단칼에 거절하고 싶었지만 업무상 연계성, 사회적 입장 등을 고려하면 그럴 수 없었다. 그녀는 식사 제안을 거절할 때마다 최대한 상냥한 목소리로 불가피한 사정을 내세웠다. 그런 식으로 서너번 사양하면 여자들은 서로 알아듣는다. 함께 식사할 마음이 전혀 없다는 것을.

하지만 남자들은 여자의 간접 어법이나 완곡한 '돌려 말하기'를 잘 알아듣지 못한다. 핵심만 정확하게 건네는 남자의 말하기 방식과 머뭇거리며 돌아가는 여자의 언어가 다르기 때문이다. 심지어 여자의 언어를 오해한다. 저녁식사를 못하겠다는 말의 내용보다 그녀가 건네는 상냥한 말투를 먼저 인지한다. 또다른 이유도 있다. 남자들이 대체로 나르시시스트이기 때문이다. 자기가 밥을 사주겠다고 하는데 감히 거절할 여자는 없다고 믿는다. 태어나는 순간부터 소중한 존재로 대접받고, 엄마의 왕자로 자라나고, 남성 중심인 사회의 주인공으로 살면서 나르시시스트가 되지 않기는 오히려 어려울 것이다.

자신이 옳고 선하고 정당하며 특별하다고 믿는 나르시시스트들은 그

반대 감정을 모두 외부로 쏟아낸다. 조금만 자존심을 건드려도 폭발하고, 자신의 잘못을 인정할 줄 모르고, 거절당한다는 사실을 참을 수 없어 한다. 그런 남자들과 어울려 사는 여자들은 남자의 나르시시즘을 부추겨서 원하는 것을 얻어내기도 한다. 미소는 가장 강력하다. 남자들은 얼마나 여자의 웃음에 취약한지 음식점에서 주문받으러 온 종업원의 미소도 자기에 대한 특별한 호감으로 여긴다. 돌아서는 그녀의 뒷모습을 바라보며 벌써 사랑의 도피행을 꿈꾼다.

최근에 젊은 친구들이 소셜 미디어를 통해 '여자가 이해할 수 없는 남자의 행동'이라는 설문조사를 했다고 한다. 재미 삼아 한 그 조사에서 1위는 '한번 웃어줬더니 자기 좋아한다고 착각하는 남자'가 뽑혔다. 요즈음 젊은 남자들도 나르시시스트이지만 행동 방식은 좀 다르다고 들었다. 마구 들이댔다가는 스토커가 되고, 속맘을 잘못 입에 올렸다가는 성추행범이 되는 분위기 탓인지 예전 남자들처럼 마구잡이로 돌진하지 않는다. 관계를 맺을 때 상대를 배려하는 태도를 갖추었다는 의미이기도 할 것이다. 다행한 일이다.

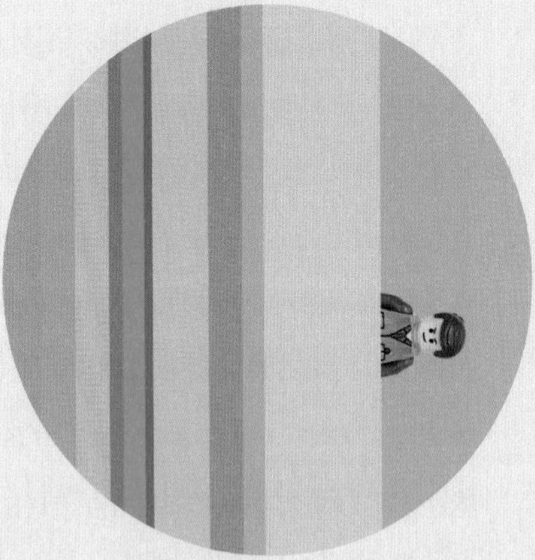

4장

남자 속의 영웅들

남자의 마음속에는 영웅이 산다

우리는 전통적 여성 역할에 고개를 갸우뚱한 첫 세대라 할 수 있다. 일부종사라는 옛말을 뒤로하고 결혼을 여러번 하거나, 결혼제도 바깥에 머무르기 시작했다. 남성 중심 사회는 출산과 양육의 의무를 이행하지 않는 여성을 나쁜 사람으로 분류하고, 여러차례 이혼하는 여성을 낯설게 바라보았다. 우리 세대 여성에 대해 한 남성은 이렇게 판단했다.

"결혼은 많이 했어도 걔는 착해. 아이를 넷씩이나 낳았잖아."

저런 말을 들으면 '모성은 환상이다'라는 어떤 진영의 주장이 환하게 이해된다. 모성은 남성 사회가 여성을 통제하기 위해 만들어낸 발명품이고, 여성은 그것에 적응하고 수용했다는 것.

동일한 논리가 남성의 영웅심에 대해서도 적용된다. 세상은 모성을 찬양하듯 남성의 영웅 역할을 찬양해왔다. 인류는 늘 영웅이 등장하여 세상을 구원해주기를 기대했고, 영웅을 찾아내어 숭배하고 싶어했다. 그 기대에 부응하여 남자는 스스로 여자와 아이들을 구하는 영웅 역할을 맡았고, 여자들은 남자의 영웅심을 교묘히 부추겨 원하는 것을 얻어내는 능력을 발전시켰다. 만화나 영화에 한두명씩 보이던 영웅 캐릭터들이 한꺼번에 무수히 출연하는 영화가 등장했을 때 그곳에는 현대인의 모든 소망이 환하게 펼쳐져 있는 듯 보였다.

여성의 모성도, 남성의 영웅심도 인류 생존에 꼭 필요한 도구여서 추앙받고 보호되어 왔을 것이다. 융의 원형 이론은 남자들의 내면에 영웅

원형이 잠재되어 있다고 제안한다. 제우스, 아폴론, 헤르메스 등 내면 신의 지혜와 역량을 살려내는 것이 건강한 삶으로 가는 길이라 한다. 신화학자 조셉 캠벨(Joseph Campbell)은 융 이론을 계승하여 영웅 신화 주인공들 삶의 궤적은 세계 공통이며, 그것은 개인이 참고해야 할 삶의 본(本)이라고 말한다. 하지만 현대인의 내면 영웅은 위축되어 남은 것은 구원자 콤플렉스뿐으로 보인다. 전쟁의 신은 싸움꾼이 되고, 사랑의 신은 바람둥이가 되어간다. 분석심리학 이론가들은 현대인의 심리적 어려움을 회복하는 방법으로 야성의 회복을 꼽는다. 외부에서 구원자를 찾을 게 아니라 내면 영웅을 일깨워 자신을 구원하고 타인도 돌봐야 한다고 제안한다.

'난세에 영웅 난다'는 말의 뒤편 의미는 영웅을 필요로 하지 않는 시대가 태평성대라는 뜻일 것이다. 난세에는 어떤 남자든 내면 영웅을 발현시키고자 노력하게 된다는 의미이기도 할 것이다. 우리 현대사는 어려운 시간들의 연속이었고, 그 시간들은 여전히 끝나지 않은 듯 보인다. 남자를 조종해온 여성 언어로 말해본다면, "남자들의 영웅적인 노력과 헌신 덕분에 이 어려움도 능히 이겨낼 수 있을 것이다."

남자는 경쟁심에서 에너지를 얻는다

독일 작가 하인리히 만(Heinrich Mann)과 토마스 만(Thomas Mann)은 같은 분야에서 활동하며 평생에 걸쳐 피 터지게 경쟁한 형제이다. 출발선에서는 동생이 조금 앞섰다. 1901년 토마스 만은 한 가문의 몰락을 그린 『부덴브로크 가의 사람들』(*Buddenbrooks*)로 세계적 명성을 얻었다. 경쟁심을 느낀 하인리히 만은 유럽 귀족 계급의 몰락을 그린 작품 「여신들(Die Göttinnen oder Die drei Romane der Herzogin von Assy)」을 발표했다. 토마스는 형의 작품에 대해 냉혹한 악평을 가했다.

2라운드에서는 형이 승리한다. 1918년 하인리히 만은 「충복(Der Untertan)」을 발표하면서 동생을 앞질렀고, 동생을 조롱하는 내용의 에세이를 발표했다. 그 시기 동생은 긴 침체기를 맞고 있었는데 예외적으로 「어느 비정치적 인간에 대한 고찰(Betrachtungen eines Unpolitischen)」이라는 글로 형을 공개 비난했다.

1924년 형제간 경쟁은 3라운드로 접어든다. 토마스 만은 『마의 산』(*Der Zauberberg*)을 발표하며 두번째 전성기를 맞고 노벨문학상을 수상한다. 사람들은 하인리히가 패배했다고 생각하지만 그후로도 그의 창작 활동은 꾸준히 계속되었고, 형제간의 경쟁도 죽을 때까지 이어졌다.

경쟁심은 남자의 본질이다. 형제뿐 아니라 부자 사이에도 미묘한 경쟁심이 흐른다. 친구 역시 동등하게 경쟁할 만한 자격을 갖춘 이들끼리의 만남이 된다. 모임에서 새로운 사람을 만나면 '민증을 까고' 서열을 정리한다. 경쟁 준비를 하는 것이다. 경쟁은 대체로 비슷한 서열끼리의 힘 겨루기이며, 경쟁 결과 한두계단 자리 조정이 이루어진다. 남자들은 놀이에도 경쟁 요소가 있어야 집중력이 생긴다. 스포츠, 정치, 경제 등 삶의 모든 분야에 경쟁심을 흩뿌리며 경쟁 행위 자체에서 에너지를 얻는다.

경쟁심은 출생 직후부터 무한 경쟁을 부추기는 현대사회의 산물만은 아니다. 부모의 사랑을 두고 경쟁하던 유년기에 형제를 상대로 만들어지는 감정만도 아니다. 성경에는 경쟁심 때문에 동생 아벨을 죽인 카인 이야기가 나온다. 불경에는 동생 석가모니의 승단을 뺏으려고 갖은 계략을 꾸며 공격하는 제바달다 이야기가 있다.

인류 역사와 함께 시작된 남자의 경쟁심은 현대에 이르기까지 그 강도를 더해오고 있다. 급기야는 '윈윈하는 경쟁'을 제안하기도 하는데, 남자에게 경쟁심이 그토록 중요한 화두라는 의미일 것이다. 승패가 명백한 경쟁에 서로 이기는 것이 과연 가능한가. 정정당당한 경쟁 과정을 즐기고, 거기서 동료애와 협동심을 배우며, 경쟁 상대의 전략과 지혜도 배우고, 그 모든 것이 건강한 삶의 일부임을 인식하는 것이다,라고 답하면 아마 남자들은 코웃음을 칠지도 모르겠다.

남자가 권력을 사용하는 방법

학창 시절 내내 조회시간이면 교장선생님 훈화는 늘 길었다. 한문장으로 요약할 수 있는 내용을, 반복해서 들어 외울 정도가 된 이야기를 참 오래도 말씀하셨다.

"에, 또…… 마지막으로 덧붙이자면……"

더위에 학생이 쓰러져 실려나가도, 추위에 발이 얼어 감각이 없어져도 그분들이 좋아하던 저 관용구로 교장선생님 말씀은 계속되었다. 기이하고 비효율적이라 여겨지던 그 풍경은 성인이 된 후에도 반복되었다. 어디서든 마이크를 잡을 정도의 권력을 가진 남자들은 한번 잡은 마이크를 놓지 않으려 했다. 비록 그것이 노래방 마이크일지라도.

융 심리학은 인간 심리의 깊은 내면에 몇가지 신화적 원형이 있다고 가정한다. 제우스 원형은 권력 지향적인 남자의 내면에 활성화되어 있는 특성이다. 제우스 원형의 남자는 타고난 리더로서 목표를 정하면 빠른 결단과 실천력으로 그것을 성취한다. 이해득실을 따져 협상하거나 포기하는 일에도 능하다. 가정은 곧 남자의 성(城)이라 생각하며 많은 자식을 낳아 권력을 강화하는 수단으로 삼는다. 리더로서 그는 모든 이들이 자기 말을 듣고, 자기 명령을 실행해주기를 바란다.

마음속에 제우스 원형이 조금도 없는 남자는 없을 것이다. 다만 권력을 손에 넣었을 때 그것을 어떻게 사용하는가에 따라 남자들의 성향이 구분되는 듯하다. 어떤 이들은 권력을 잡자마자 그것을 자기 이익을 추구하는 데 사용한다. 실제로 역사 속의 권력자들은 큰 성과 많은 여자를 소유했고, 그 전통은 지금까지도 이어지고 있다. 자기의 생각이나 감정을 타인에게 주입하는 것을 권력자의 특권이라 여기는 이도 있다. 그들은 자기의 나쁜 기분까지 아랫사람에게 쏟아붓는다. 물론 권력을 가지고도 전혀 사용하지 않는 남자도 더러 있는데, 그들은 예술가 부류이다.

제우스도 권력을 사용하는 방법에 양면성이 있었다. 그는 올림푸스를 평정하기 위해 독수리처럼 날쌔게 목표를 공략하고 벼락을 내리쳐 방해자를 응징했다. 하지만 자식들에게는 더없이 좋은 아버지였다. 아폴론과 헤르메스를 중재하여 그들에게 힘을 공정히 나누어주었고, 아르테미스와 아테나가 힘의 상징들을 갖도록 지원했다.

남성 운동가들은 제우스적 리더십을 칭송한다. 아버지처럼 국민을 보살피는 지도자, 어떠한 개인적 야심도 품지 않은 채 오로지 공동체의 복리만을 생각하는 리더를 꿈꾼다. 그들은 리더가 되려면 먼저 좋은 아버지의 자질들을 갖추어야 한다고 주장한다. 돌봐주고, 격려하고, 도전케 하고, 훈육하는 특성들이다.

남자가 스포츠를 매개로 경험하는 것들

2002년 월드컵 경기를 기억한다. 온 국민이 한마음으로 선수들을 응원하며 거리로 쏟아져나왔다. 우리 선수들의 경기 실력은 감탄스러웠고 나 역시 승리감에 도취하기도 했다. 그럼에도 붉은색 티셔츠를 입은 군중이 흥분상태에서 도심을 치닫는 광경을 보면 걱정스러운 마음이 되곤 했다. 당시에 입 밖에 내어 말했다면 몰매를 맞았을 게 뻔하고, 지금도 말하기 조심스러운 생각은 이런 것이었다. 나쁜 정치인이 우민정책을 쓴다면 저런 것을 원할 것이다. 저토록 쉽게 휩쓸리는 군중은 얼마나 조종하기 쉬운 상대일까. 실제로 빨간 티셔츠를 입은 군중들은 일탈의 아슬아슬한 경계까지 치닫곤 했다.

남자들은 누구나 스포츠에 열광한다. 스포츠가 감정을 경험하고 표현하는 중요한 방식이기 때문이다. 사회적 역할을 수행하는 동안 충실히 억압해둔 감정을 온몸을 움직이면서 온몸으로 표출한다. 직접 경기에 참여할 때뿐 아니라 다만 관전하는 것만으로도 모든 종류의 감정을 경험할 수 있다. 관중석에서 목청껏 소리치거나, 소파에서 맥주를 마시며 텔레비전 중계를 보면서도 열정, 경쟁심, 기쁨, 분노 등의 감정을 마음껏 표현한다. 그런 장치가 있기 때문에 가정이나 직장에서 경험하는 위험한 감정들을 안전하게 관리할 수 있기도 하다. 상사에게 깨져서 화가 난다기보다는 응원하는 프로 야구팀이 계속 져서 기분이 나쁘다고 말하면 안전하다. 아내와의 의견 대립에서 참은 화는 권투 중계를 보며 욕설을 내뱉는 방식으로 내보낸다. 남자들은 스포츠가 내면 감정들을 은밀히 처리하는 수단이 된다는 것을 알고 있다.

그런 의미에서 우리 대중들이 열광한 스포츠 종목 변화를 지켜보는 일은 흥미롭다. 1970년대까지 텔레비전에서는 권투 중계가 흔히 보였다. 선수들이 직접 상대방에게 폭력을 가하는 광경을 보며 남자들은 열광했다. 공격성과 분노의 감정을 담아 더 힘껏 펀치를 날리라고 응원했다. 1980년대 이후에는 축구나 야구 경기가 자주 중계되었다. 그 경기를 관람하는 이들은 권투 경기 때보다 덜 폭력적이면서도 다양한 감정들을 경험하는 것으로 보였다. 우정과 충성심, 환희와 실망감 같은 것.

열광하는 스포츠 종목 변화는 곧 사회 구성원의 마음을 읽는 척도로 보인다. 한때 사람들은 김연아 선수의 피겨스케이팅 경기에 열광하기도 했다. 새벽 경기를 보느라 잠을 못 잤다면서 몽롱한 낯빛을 하고 나타나거나 가녀린 몸으로 애쓰는 광경을 차마 볼 수 없어 나중에 결과만 확인한다고 말하는 사람들을 많이 만났다. 이제 스포츠를 통해 사랑과 염려의 감정까지 경험하는 듯하다.

군대 경험이 남자에게 주는 것들

젊은 남자들이 배우는 연애의 기술 중 '연인과 대화할 때 군대 경험을 화제에 올리지 마라'는 내용이 있다고 들었다. 실제로 남자들은 술자리에서 군대 경험을 자주 화제에 올린다. 공감할 수 없는 여자들은 물론 지루해한다. 나도 한때 같은 의문을 품은 적이 있다. 남자들은 왜 술만 마시면 군대 이야기를 하는 걸까. 처음에는 그것을 '수컷들의 몸집 부풀리기 작업'이라 여겼다. 그들의 이야기가 빛나는 무용담 위주로, 명백히 과장되게 전개되었기 때문이다.

좀더 시간이 지나서야 그들이 무의식적인 자기치유 작업을 하고 있음을 짐작하게 되었다. 부부싸움을 할 때 아내들이 마음에서 풀리지 않은 옛날 일을 거듭 들춰내서 남편을 질리게 하듯이 남자들도 같은 이유에서 군대 경험을 거듭 이야기하는 게 아닌가 싶었다. 그들은 무용담을 이야기할 때 그 뒤에 숨겨둔 아픈 기억들을 무의식적으로 경험하는 듯 보였다. 트라우마이기 때문에 반복되며 무의식적 치유 작업을 하느라 거듭 표현되는 듯했다.

로널드 페어베언(W. Ronald D. Fairbairn)은 제이차대전 때 일본에 주둔한 미군부대에서 근무했던 정신과 의사이다. 그는 당시 치료 경험을 토대로 한 연구에서 이렇게 기록한다.

"전시의 군대생활은 그 자체가 트라우마 상황에 가까우며, 군대생활에서는 아주 작은 사건도 외상이 될 수 있다."

우리나라 남자들의 군복무 환경은 사실 전쟁을 전제로 전쟁을 연습하는 곳이다. 그곳 생활이 얼마나 긴장된 날들의 연속일지 면회소만 다녀온 나로서는 상상할 수 없다. 다만 끊이지 않는 병역 비리로 그것을 짐작할 수 있을 뿐이다. 알고 보니 돈 있고 힘 있는 집 아들은 군대에 가지 않았다는 사실이 밝혀질 때마다 군복무를 마친 이들의 분노는 임계점까지 솟구친다. 국민의 의무가 아니라면 누구도 알토란 같은 청춘의 시간을 그렇게 보내고 싶지 않을 것이다.

그럼에도 군대 경험은 남자들을 한 단계 다른 차원으로 옮겨놓는 기능이 있다. 부모로부터 제대로 분리되어 심리적 어른이 되도록 이끌어주고, 조직의 법과 질서에 복종하는 마음을 습득하여 사회에 적합한 사람이 되도록 도와준다. 어려움의 시간들을 넘어서며 강하고 자신감 있는 성격을 정립해내기도 한다. 우리 사회에서 남자들의 군대 경험은 그 자체가 일종의 통과의례로 보인다. 물론 무의식적으로 진행되는 작업일 것이다. 의식적으로, 체계적으로 통과의례 작업을 이끌어준다면 아직 인격을 형성해가는 과정에 있는 젊은이들을 더 잘 돌봐줄 수 있지 않을까, 꿈같은 생각을 해본다.

남자가 권력을 추구할 때 원하는 것들

그는 사춘기 때부터 용돈을 아껴 여자친구에게 줄 선물을 샀다. 청춘기에는 월급을 쪼개어 데이트 비용을 부담했다. 결혼 후에는 아내가 원하는 편안한 주거 환경을 만들어주고자, 자녀에게 좋은 교육 환경을 제공하고자 노력했다. 그것을 가장의 책임과 의무라 생각했고 그 소임을 다하면 합당한 보상이 돌아오리라 기대했다. 아내의 헌신적 사랑이나 자녀들의 존경 같은 것. 하지만 가족들은 그의 눈치를 보며 그를 소외시키는 분위기이고, 그는 무엇이 잘못되었는지 알 수 없었다.

그는 생계를 책임지는 만큼 가정에서 누려야 하는 권리도 당연히 있다고 믿었다. 그가 누리고자 하는 권리에 대해 아내는 군림하려 든다면서 화를 냈다. 가장으로서의 책임이 스트레스가 될 때는 그것을 표현하고 위로받고 싶었다. 하지만 아내는 그가 애처럼 군다고 타박했다. 가장으로서의 의무를 다하지 못해 자책감이 들 때는 자기를 비난하는 강도만큼 가족을 향해 거친 말이 나갔다. 가족들은 아버지의 언어폭력, 정서폭력을 문제 삼았다.

양성평등이 정착되어 가고, 여성의 역할이 예전과 달라진 요즘에도 여전히 주도권을 남자에게 떠넘기는 여자들이 많다. 데이트 요청, 데이트 비용 부담, 애프터 신청은 여전히 남자에게 달려 있다. 꽃과 이벤트를 준비하는 쪽도, 반지를 준비해서 구혼하는 쪽도 여전히 남자이다. 여자들이 평등한 지위는 즐기되 그에 따른 책임은 감수할 생각이 없어 보이는 환경은 남자에게 이중 부담이 되기도 할 것이다. 변화된 환경에서 남자들은 두가지 중 하나를 선택하는 듯 보인다. 결혼을 피하거나 늦추는 것, 혹은 더 큰 힘을 갖고자 맹렬히 노력하는 것.

본질적으로 남자가 권력과 지위를 탐하는 이유는 가정과 재산을 지키기 위해서이다. 모든 인간이 꿈꾸는 '불멸'을, 자식과 재산을 통해 성취한 듯 느낄 수 있기 때문이다. 더 큰 안정감을 원하는 이들은 더 큰 권력을 탐하며, 정의조차 힘이 있어야 바로 세울 수 있다고 믿는다. 권력을 가진 이들에게서 공동체에 대한 헌신이나 이타성을 발견하기 어려운 이유가 거기 있을 것이다. 그들의 목표는 힘 그 자체일 뿐이다. 힘을 얻기만 하면 나머지 좋은 것, 선한 것들은 절로 따라온다고 믿는다.

그리하여 권력 지향적인 사람들은 심장 질환에 걸리기 쉽다고 한다. 권력을 얻어도 좋은 것들이 절로 찾아주지 않기 때문이다. 심장은 그 자체로 훌륭한 은유이다. 감정기관인 심장을 소홀하게 취급한 댓가 역시 두가지 방식으로 치르게 된다. 신체적으로 심장 질환에 걸리거나, 은유적으로 한 여성에게 사로잡혀 생이 무너지거나.

아내의 종교활동을 싫어하는 남자 마음

이따금 아내의 종교활동에 대해 불만을 토로하는 남자들을 만난다. 그들은 아내가 교회나 성당에 다니는 일을 대체로 못마땅해한다.

“아내 따라 다녀봐요. 사랑받을 텐데.”

장난처럼 말을 건네면 이어지는 답도 비슷하다. 한두번 따라가봤는데 설교 내용이 적합하지 않더라, 시끄러워서 못 있겠더라, 사람이 많아서 엉덩이 붙일 틈도 없더라 등등. 남자들이 아내의 종교활동에 대해 말하는 내용을 들을 때마다 그 말 속에 깃든 진짜 이유를 짚어보게 된다.

아내의 종교활동에 대해 불평하는 남편들의 마음속에는 자신이 아내의 주요한 관심 대상이 아니라는 사실에 대한 불안이 있다. 심지어 아내의 사랑을 더 많이 받는 듯 보이는 상대가 감히 대적할 수도 없는 존재라니, 오이디푸스기의 불안이 솟구칠 만도 하다. ‘종교는 인민의 아편이다’라고 말한 사람처럼 어떤 남자들은 종교가 의존대상을 넘어 중독대상이 될지도 모른다는 두려움을 갖고 있다. 종교에 중독된 아내가 기어이 자신과 가정을 떠나 모든 생을 그곳에 쏟아부을까봐 두려워한다. 현실에서 이따금 그런 사건들이 터지면 남자들의 걱정은 힘을 얻는다. 그럴 때조차 엄마가 집을 비우기만 해도 덜컥 겁먹었던 유년기의 분리 불안이 작용하는 셈이다.

남편들은 또한 아내가 종교적 신념을 자기에게 강요하는 일을 불편해한다. 아내들은 자신이 맛보는 축복을 얼마나 남편에게도 맛보여주고 싶어하는지 남편들이 모두 '한두번은 따라가 보았다'고 말한다. 어떤 가장은 전도활동을 하지 않는다는 조건으로 아내의 신앙생활을 허락했다고도 한다.

남편들이 아내의 종교활동에 대해 걱정하는 갖가지 이유는 사실 남자들의 내면 문제가 투사되는 현상이다. 아내 이외의 여자에게 늘 관심을 두며 그 사실을 아내가 모르기 바라는 이들은 남편 쪽이다. 일이든 알코올이든 도박이든 어떤 대상에 중독되는 성향도 남자가 더 강하고, 자기 신념을 타인에게 주입하려는 성향도 남자가 더 크다. 가장은 온 가족이 자기 신념을 따라주기 원하며, 아내가 종교활동을 하지 않기 바라는 의지도 관철시키고 싶어한다.

종교는 인류의 지혜를 실어나르는 그릇이다. 문화권에 따라 언어와 상징이 다를 뿐 똑같은 기능을 하면서 공동체 구성원에게 사랑과 자비를 가르쳐왔다. 또한 종교는 공동체 구성원의 정신 건강과 인격 성숙도 담당해왔다. 아마도 절대자 앞에 몸을 엎드릴 수 있는 이들의 순복된 선연심과 간곡한 사랑이 가정과 인류를 지켜왔을 것이다.

남자가 감사하다는 말을 들을 때

예전에 군복무를 마친 후 사회생활을 시작한 후배가 농담처럼 하던 말이 있다.

"지난 삼년간 내가 선배도 지켜줬어."

업무에 도움이 필요할 때, 자판기용 동전이 필요할 때 싱긋 웃으며 말하곤 했다. 그는 농담이었지만 나는 그 말에 우리 시대와 남녀관계를 가로지르는 진실이 있다고 느끼곤 했다. 국방의 의무는 왜 남자에게만 있는 걸까, 그와 같은 기회 박탈이 여성의 세계관 형성에 특별한 영향을 미칠 수도 있겠구나 등등.

여자는 남자가 하는 어떤 일들을 당연한 것으로 여긴다. 위험한 상황이 발생했을 때 그 속으로 뛰어들어 문제를 해결하는 이는 남자여야 한다고 믿는다. 불길 속으로 뛰어들어 사람을 구하고, 전쟁터에 나가 목숨을 내놓고, 가족을 부양하기 위해 뼈 빠지게 일하는 게 남자의 몫이라 믿는다. 까마득한 옛적부터 남자는 원래 그런 일을 해왔다고 알고 있다. 때로는 남자 쪽에서 그 신화를 재생산한다. 나와 결혼만 해주면 머슴처럼 너를 위해 헌신하겠다고. 물론 요즈음 젊은이들은 이런 낡은 신화에서 벗어나 있긴 하지만.

반면 남자들은 인정받는 일에 약하다. 자기를 인정해주는 보스를 위해 서슴없이 목숨을 내놓고, 찬사를 듣고 싶어 우스꽝스러운 생색내기도 마다하지 않는다. 남자들의 내면에는 혹시 인정과 감사에 굶주린 유전자가 만들어져 있는 게 아닐까 싶다. 까마득한 옛적부터 힘들고 위험한 일을 해오면서도 그것을 당연시할 뿐 칭찬과 지지를 받아본 적 없는 경험이 그들 내면에 축적되어 있는 듯 보인다. 그런 눈으로 보면 개선문은 인정과 찬사 욕구가 멋지게 구현된 건축물임에 틀림없다.

여자의 집안일이 온전한 노동으로 분류되고 돈으로 가치 매겨진 지 얼마 되지 않았다. 변화를 꾀할 때 여성들이 원한 것은 자신들의 노동을 당연시하거나 하찮은 일로 여기지 말라는 것이었다. 이왕이면 감사의 마음도 가져주면 좋겠다고 생각했다. 같은 이야기가 남성들의 노동에도 적용될 수 있다. 그들은 이미 노동에 대한 정당한 댓가를 받고 있으며, 가족에게 권력을 행사하는 자리에 있지 않느냐고 되물을 수 있다. 하지만 바로 그 이유 때문에 남자들은 진심 어린 감사의 언어를 들을 기회를 잃은 건 아닐까 생각해본다.

남자가 미안하다고 말하는 것은

그는 오래도록 교육적 차원에서 아이를 야단치는 것과 자기 분노를 아이에게 집어던지는 것의 차이를 알지 못했다. 아이에게 교육적 행동 지침을 내리는 것과 자기 불안 때문에 아이를 통제하는 것의 차이도 알지 못했다. 아이가 두가지 물건 중 하나를 선택하지 못해 망설일 때, 아이가 어떤 사실을 부모에게 숨기다가 들통났을 때, 그때마다 아이의 마음을 읽어주지 못한 채 소리만 질렀다.

사춘기에 접어든 아들이 분노를 폭발시키며 반항하기 시작한 덕분에 그는 비로소 자기 행동을 돌아보게 되었다. 아이의 중요한 성장기에 자기가 무엇을 잘못했는지, 아이에게 사랑과 함께 어떤 독을 건넸는지 알아차렸다. 내면을 보고 행동을 고쳐나가며 아들에게 사과했다. 미안하다고, 아빠가 잘못했다고 여러차례 반복해서 말하면서 오래도록 아들의 분노를 받아주고 참아주었다. 아이의 분노는 점차 누그러들었지만 내면에 불편하고 딱딱한 감정의 핵 같은 것은 여전히 남아 있는 듯했다.

그는 세월호 희생 아이들을 보며 많이 울었다. 그 아이들은 아들과 나이가 같았다. 그 아이들이 자기처럼 어리석고 불안한 어른 때문에 희생되었다는 사실이 마음 아팠다. 자기 이익 앞에서 도덕이나 양심을 쉽게 저버리는 이기적이고 결핍된 기성세대들이 아이들을 희생시켜서, 우리 모두가 미안하다고 거듭 사과해야 한다고 생각했다. 그는 아들과 세월호 사건에 대해 이야기 나누었다. 아들은 세월호 선장 때문에 수학여행을 가지 못하게 된 것에 대해 화가 나 있었다. 그는 아들이 자기의 나쁜 양육 방식 때문에 타인의 슬픔에 공감할 줄 모르는 사람이 되었을까봐 염려스러웠다.

아들과 더 깊이 이야기를 나누면서 알아차렸다. 아들이 또래들의 희생에 대해 슬퍼하지 않는 게 아니라 아직은 자기 슬픔을 분노로써 표현하는 단계에 있다는 것을. 무엇보다 아들이 무의식에 억눌러둔 아버지에 대한 분노를 그 선장에게 투사하고 있다는 것을. 젊은 세대들이 기성세대를 향해 분노할 때 그 고갱이에는 양육자인 자기 아버지에 대한 감정이 핵처럼 자리 잡고 있다는 것을. 그는 앞으로도 아들에게 더 많이 사과해야 한다는 사실을 알아차렸다.

일반적으로 남자들은 미안하다는 말을 하기 어려워한다. 미안하다고 말하는 순간 실존의 깊은 뿌리에서 불안감을 느낀다. 잘못했다는 사실을 알고 있을 때조차 수치심과 죄의식이 끈적하게 뒤섞인 내면을 외면하면서 진실을 회피한다. 그런 남자가 미안하다고 말하는 것, 그것은 자신과 가족, 우리 사회에 축복으로 보인다.

책임을 지고
물러난다는 것

사무실이 밀집한 도심 네거리에서 양복 차림 남자들이 신호를 기다리고 있었다. 그들은 같은 부서에서 근무하는 관리자와 부하 직원들로 보였다. 부장 직급쯤 되어 보이는 이가 자신감 넘치는 목소리로 말했다.

"요즈음 젊은이들은 자기 인생의 주인이 자기라고 말하는데, 참으로 이기적인 생각이야. 자기 인생이 어떻게 자기 혼자만의 것이야? 부모님 거고, 자식들 것이지."

세명의 젊은이들은 건너편 신호등에 시선을 고정한 채 묵묵히 듣고 있었다.

그는 가부장제 속 가장의 책임감에 대해 말하는 듯했다.

남자를 정의하는 단어를 하나 꼽으라면 '경쟁'이라고 생각한다. 하나 더 추가한다면 '책임감'일 것이다. 남자는 맡은 바 임무를 완수하고 상사로부터 인정받을 때 존재를 증명받은 듯 느낀다. 가족을 위해 책임을 다할 때 만족감을 느낀다. 가끔 남자는 책임을 다하기 위해 오명을 감수하고, 특정 사건에 대해 책임지기 위해 사직서를 제출한다.

오래전부터 이해되지 않는 표현이 있었다. '책임을 지고 물러난다'는 말이었다. 우리는 사건 사고가 발생하면 책임자를 문책하여 책임지고 자리를 떠나게 하는 관행이 있다. 책임을 지려면 속절없이 물러날 게 아니라 끝까지 남아 사건을 수습해야 하는 게 아닐까, 문제를 해결하고 잘못을 바로잡고 싶은 의지는 당사자가 가장 크지 않을까, 혼자 생각하곤 했다. 그 관행은 남자 특유의 경쟁심의 발로처럼 보이기도 했다. 약점을 잡으면 그것을 빌미로 상대를 제거하는 경쟁의 법칙 같은 것. 최근에야 책임지고 물러난다는 말에 대한 오래된 의문이 해소되었다. 한 관리가 잘못된 일을 책임지기 위해 끝까지 그 자리에 머무르면서 사고를 수습하고 문제를 해결하고, 명예를 회복한 후 떠나는 모습을 보면서였다.

책임감이라는 단어를 잘못 사용하는 게 아닌가 의문이 일 때가 많다. 책임감 때문에 삶을 등지는 이들을 볼 때 특히 그러하다. 조직이나 사회에 사건 사고가 발생할 때마다 특정인이 모든 책임을 혼자 짊어지듯 목숨을 끊는다. 그런 이들은 그 방법만이 자신의 명예와 가족, 소속 집단을 지킬 수 있는 길이라 여기는 듯하다.

최근에는 더 나쁜 일이 발생했다. 가족에 대한 책임감 때문에 가장이 아내와 자녀의 목숨을 끊은 일이다. 그가 남의 시선을 중요시하는 가면인격의 소유자였는지, 좌절감에 대한 내성이 유독 약한 사람이었는지는 모를 일이다. 다만 그가 책임감을 잘못 사용한 것은 분명해 보인다. 자기 삶의 주인은 가족이고, 가족의 삶의 주인은 자기라는 잘못된 인식도 가졌던 듯하다.

남자의 새로운 매력,
백치미

새천년 초입에 텔레비전 광고에 자주 보이던 남자 배우가 있었다. 당시 그는 남성 의류, 신용카드 등 열가지쯤 되는 광고의 모델이었다. 나는 그의 영화나 드라마를 본 적 없기 때문에 그에 대한 사전 이미지나 환상이 없었다. 내 눈에는 그가 전혀 매력적으로 보이지 않았다는 뜻이다. 그래서였다. 서른살 안팎 여성들이 예닐곱명쯤 모인 자리에서 그 배우가 왜 인기 있는지 물어보았다. 그녀들은 일제히, 사전에 말을 맞추기라도 한 듯 대답했다.

"백치미요!"

격세지감을 실감하는 순간이었다. 우리 세대에서 백치미란 오직 남자가 여자를 향해 사용하는 단어였다.

외국을 여행하면서 느끼는 것 중 하나는 경제적으로 낙후되고 문명이 덜 발달한 나라일수록 남자들은 강하고 거칠게 행동하며, 그것이 허용되고 장려되는 분위기라는 점이다. 여성의 사회적 지위와 성적 매력이 반비례하는 듯도 했다. 남자라는 권력을 통하지 않고서는 다른 생존법이 없는 나라일수록 여성들은 성적 매력을 가꾸고 드러내는 데 온 힘을 쏟는 듯 보인다. 마찬가지로 남자들의 성 역할에 대한 편견도 그 나라 국민소득과 반비례하는 듯 보였다.

아니마(Anima), 아니무스(Animus)는 융 심리학 용어이다. 아니마는 남성 속에 억압된 여성성, 아니무스는 여성 속에 억압된 남성성을 의미한다. 심리 내면에서 두 요소가 이분법적으로 나뉘어 한 측면이 심하게 억압된 사람일수록 심리적 불편을 많이 겪는다. 그것은 또한 역량과 재능의 절반을 땅 속에 묻어둔 채 살아간다는 뜻이 된다. 사회적 통념으로 볼 때 남자답지 않은 남자, 여자답지 않은 여자가 오히려 편안하고 자유롭게 자기를 실현해나간다. 성 역할에 대한 사회적 편견에서 벗어나 있다는 것은 그만큼 자존감 높고 의식이 자유로운 상태라는 뜻일 것이다. 그럼에도 당사자들은 가끔 불편을 느끼는 모양이다. 한 원로 예술가는 이렇게 말했다.

"나는 평생 남자인 척하면서 사는 게 힘들었어."

동년배 평론가는 이렇게 말했다.

"여자들과 한창 수다 떨다가 문득 그런 자신을 부끄러워하는 내면 시선과 맞닥뜨리는 거지."

융 학파 심리학에서는 억압해둔 반대 성의 요소를 끄집어내서 표현하고, 그것을 내면에 통합하는 작업을 정신 건강의 회복으로 본다. 여성적 백치미를 표출하는 그 배우는 지금도 여러 광고에 얼굴이 보인다. 성 역할에 대한 편견에서 벗어나 있기 때문에 자유롭게 재능을 발휘하는 모양이다. 성 역할의 부담으로부터 달아나고 싶어하는 동시대 남자들의 공감도 얻는 듯하다. 국민소득과 여성의 지위가 높아질수록 그는 계속 승승장구할 것이다.

분노가 녹아서 눈물로 흐를 때

사십대 초반인 그는 아내와 이혼한 후 심리치료를 받기 시작했다. 내면에 분하고 억울한 마음이 가득해서, 떠난 여자를 찾아가 폭력을 휘두르는 남자들 마음에 공감할 수 있었다. 그가 심리상담가를 찾은 이유는 순간의 분노 때문에 인생을 망치고 싶지 않아서였다. 그런데 첫날부터 눈물이 터져나와 당황했다. 울음에 그토록 많은 의미가 있고, 그것이 여러날 지속된 점에도 놀랐다고 한다.

독일 정신분석학자 멜라니 클라인은 '편집분열적 자리'와 '우울적 자리'라는 용어를 제안했다. 편집분열적 자리란 자신이 옳고 타인은 잘못되었다는 분열된 인식 속에서 집요하게 상대방을 미워하고 공격하는 심리를 이른다. 우울적 자리는 편집분열적 자리에서 공격했던 상대가 실은 사랑하는 사람이라는 사실을 알아차리면서 슬픔과 우울감을 느끼는 상태이다. 멜라니 클라인은 생애 초기부터 아기가 두가지 심리상태를 오가면서 사랑과 미움이라는 두가지 감정을 통합해간다고 제안한다. 또한 인간은 평생을 두고 편집분열적 자리와 우울적 자리의 마음상태를 오가면서 성장을 이루어간다고 설명한다.

분노에 가득 차서 상대를 공격하는 이들은 편집분열적 자리에 머무는 셈이다. 분노상태에서 심리상담가를 찾아갔는데 첫날부터 눈물이 흘렀다는 것은 그 순간 그가 우울적 자리의 마음상태로 이동했다는 뜻이다. 처음에는 분하고 억울한 마음에서, 혹은 자기연민 때문에 눈물 흘렸을 수도 있다. 하지만 일단 눈물이 흐르기 시작하면 공격성이 누그러지면서 이전의 격한 분노상태에서 벗어나게 된다. 나중에 다시 화가 치밀어도 그 강도가 현저히 약화되어 있음을 느낄 수 있다. 분노나 공격성을 해결하는 근본적인 방법은 그것을 눈물로 녹여내는 일이다.

눈물은 심리적 변화를 이끌어내기도 한다. 앞서 언급한 남자는 전처에 대한 분노와 슬픔을 반복 경험하다가 한순간 완전히 새로운 성찰과 만났다.

"분노가 원래 내 안에 있던 것이구나, 상대가 잘못했더라도 애초에 그 사람을 선택한 내 잘못이구나."

그는 그제서야 아내 입장을 생각해볼 수 있었다. 비로소 자신의 잘못들이 보이면서 아내에 대한 미안함 때문에 눈물이 났다. 상담이 좀더 진행되었을 때는 또다른 성찰과 만났다고 한다.

"내가 헛살았구나, 누군가를 미워하면서 인생을 낭비해왔구나."

그때는 허비한 인생이 아까워 눈물이 흘렀다. 사회적 동물로서 남자는 눈물을 보이기 쉽지 않다. 하지만 울음을 금기시하는 사회에서는 분노가 격해진다. 일상에서, 미디어 속에서 남자들이 자연스럽게 눈물 흘리는 모습을 볼 수 있는 세상이 오히려 안심이 된다.

남자가 정신과 병원을 찾는 이유

외국 심리학 책에서 읽은 사례이다. 중년으로 접어들면서 남편이 자주 화를 내고 말과 행동이 거칠어졌다. 아내가 왜 그렇게 짜증 내며 냉소적인 말투를 하느냐고 물으니 대답 대신 고함을 쳤다.

"내가 언제 화를 냈다고 그래?"

공격적인 말투가 곧 분노라는 사실조차 알아차리지 못했다. 아내는 정신과 상담을 권했다. 남편은 자신에게 아무 문제가 없다는 것을 입증하기 위해 병원을 찾았다. 수백 문항의 심리검사를 마친 후 문제가 있다는 결과가 나와도 동의하지 않았다. 뭔가 잘못되었을 거라 믿으며 다른 의사를 찾아갔다. 세군데서 똑같은 결과가 나온 후에도 정신과 치료를 받기보다 운동을 열심히 하는 쪽을 택했다.

남자는 대체로 두가지 이유에서 정신과 병원을 찾는다고 한다. 발기불능일 때와 정신과 치료를 받지 않기 위해서. 즉, 자신에게 아무런 문제가 없다는 사실을 증명하기 위해 진료를 받는다.

심리 관련 책을 읽다보면 남자들이 자기에게 심리적 문제가 있다고 상상조차 할 수 없어한다는 대목을 자주 만난다. 정신과를 방문할 때도 성 기관이 제대로 작동하지 않거나 정력이 떨어진 것만이 문제라고 여긴다. 성 기관은 남자들이 감정과 욕구를 배출하고 정서를 조절하는 대체 창구이다. 그것에 오류가 생겼다는 것은 이미 마음에 문제가 있다는 뜻이다. 그럼에도 외부에서 문제를 찾아온 오랜 습관상 남자들은 생식기관이 작동하지 않을 때조차 아내에게 매력을 느끼지 못하기 때문이라고 치부한다.

"대단히 사려 깊고 용기 있는 남자만이 자기에게 문제가 있다고 생각한다."

저 문장은 십년쯤 전 미국에서 출간된 심리 책에서 읽은 구절이다. 우리나라 남자들도 오래도록 그러한 상태로 지내왔다. 문제를 외부로 투사하는 남자들의 내면이 고요하고 편안한가 하면 천만의 말씀이다. 그들은 마음속에서 혼란과 파괴적 감정을 경험하고 있고, 자주 죄의식을 느끼거나 자기를 비난한다. 그런 감정이 내면 가득 고여 있기 때문에 자기도 모르게 밖으로 쏟아내는 것이다.

놀랍게도 혹은 희망적이게도, 요즈음 자신에게 문제가 있다고 말하는 남자들을 자주 만난다. 사석이나 독자와 만나는 자리에서 그들은 자기가 경험하는 마음의 불편을 토로한다. 뿌리를 짐작할 수 없는 박해 불안, 원인을 찾아냈지만 개선되지 않는 강박적 행동, 아버지에 대한 분노를 상사에게 투사하기 때문에 어려운 직장생활 등등. 그들은 이십대 청춘이기도 하고 완연한 중년이기도 하지만 내면을 이야기하는 모습은 똑같이 아름다워 보인다. 고요한 힘을 지닌 사람처럼 빛나 보이기도 한다.

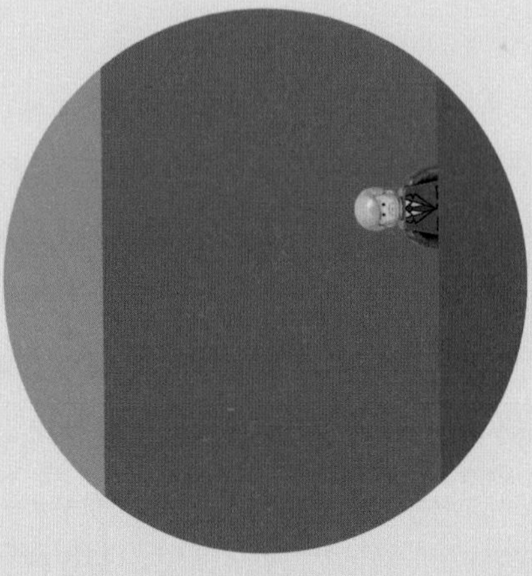

5장

남자의 성장과 나이 듦

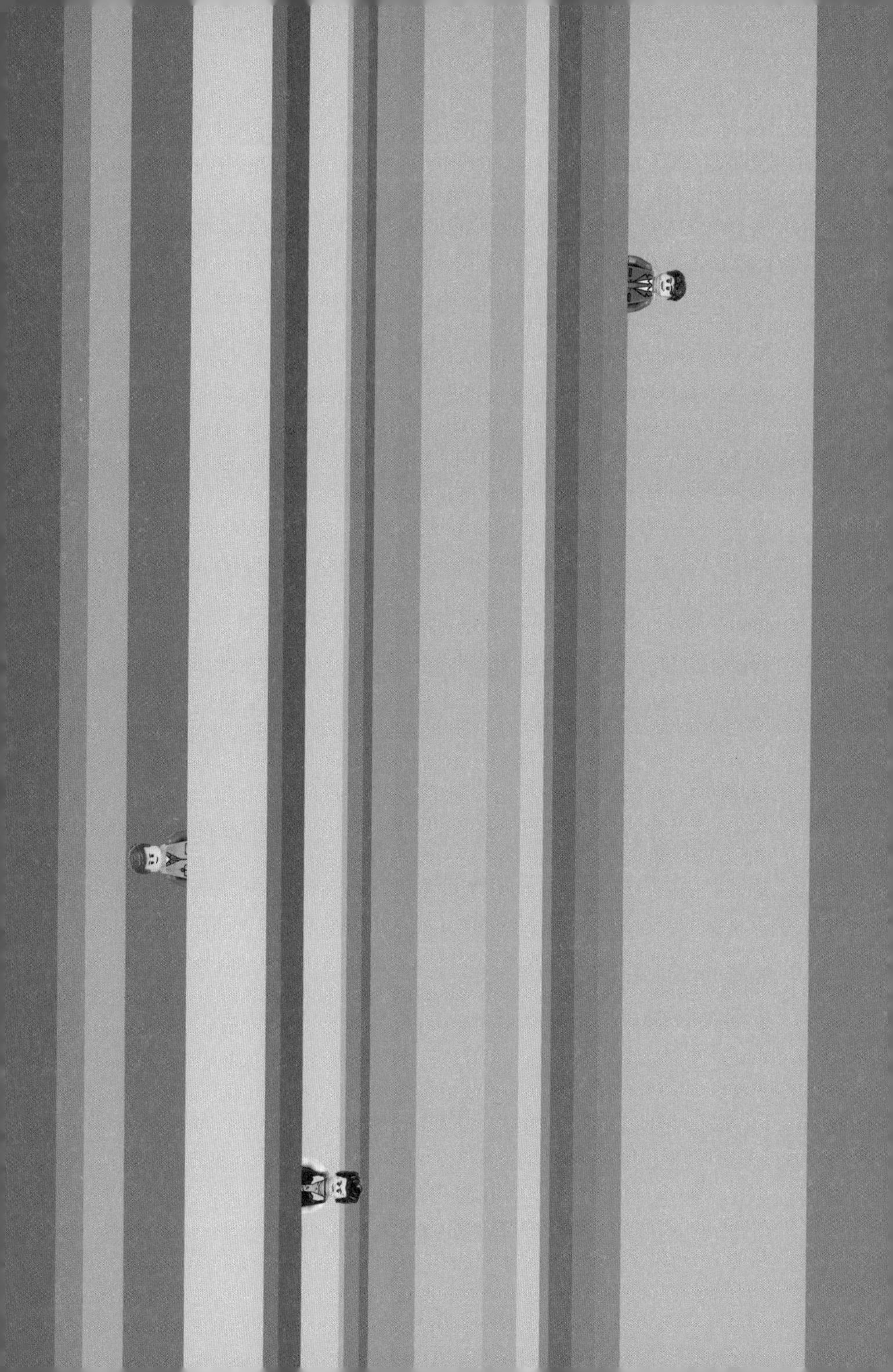

'괜찮지 않다'고 말하는 남자

그 남자는 쉰살이 되던 올해 초, 내면에 그런 것이 있는지도 몰랐던 기억 하나를 떠올렸다. 서너살쯤 되는 그가 어머니 등에 업혀 밤바다를 바라보는 장면이었다. 검푸른 바다 위로 희게 부서지며 달려오는 파도는 곧장 그들을 집어삼킬 듯했다. 어머니 등에 엎드린 채 어린 그는 한가지 사실을 알아차렸다. 어머니가 바닷속으로 걸어들어가려 한다는 것. 그는 낯선 기억을 들고 노모를 만나러 갔다. 노모는 덤덤한 말투로 그 일을 회고하며 덧붙였다.

"너 때문에 망설이다가 돌아섰지."

남자는 과거 속에서 그 기억을 찾아낸 후 안도의 한숨을 쉬었다. 평생을 두고 '내 마음이 왜 이렇지?' 자문했던 순간들의 불편이 이해되었다. 남몰래 참아내야 했던 공포심, 걷잡을 수 없이 마음을 휘감던 불안감, 근거 없이 엄습하는 죄의식 등의 근원에 닿는 듯했다. 그것은 엄마가 자신을 업은 채 바다를 향해 걸어갈까봐 두려워하던 아기 마음 그대로였다. 또한 그것은 그 순간 엄마 마음이기도 했을 것이다.

'정신분석학은 억압이라는 방어기제 위에 세워진 건축물이다'라는 말이 있다. 우리의 내면에는 누구나 잃어버린 기억 몇가지가 들어 있다. 어린 시절 약한 자아가 감당하지 못한 불편한 감정이나 위험한 욕망들이 무의식에 억압되어 있다는 뜻이다. 억압된 무의식은 불편한 감정이 되어 의식을 들쑤신다. 작은 자극에 과잉되게 반응할 때, 평범한 상황에서 감정이 예민해질 때 그 배면에는 억압된 무의식이 활동 중이다. 정신분석은 잃어버린 기억을 되찾아주는 효능이 있다. 분석 작업을 통해 어린 시절에는 감당하지 못했던 사건을 의식 속으로 받아들일 만큼 마음이 단단해진 결과이다.

남자의 삶이 위험하고 어려웠던 것은 어제오늘 일이 아니다. 상대적으로 남자는 더 많은 책임과 경쟁 속에서 살아간다. 당연히 남자의 내면에는 더 많은 위험한 감정들이 억압되어 있고, 더 심각하게 감정적 불편을 겪지 않을까 짐작하게 된다. 그 증거인 듯, 남자의 기대 수명은 여자보다 육년 이상 짧다. 남자는 친밀한 관계를 맺는 데 실패하는 경우가 흔하다. 폭행으로 처벌받는 사람의 90퍼센트, 폭력 희생자의 70퍼센트가 남자이다. 남자의 자살 사망률은 여자보다 두배 이상 높다.

다행히 요즈음은 '내가 괜찮지 않다'라고 말하는 남자를 드물지 않게 목격한다. 예전의 남자들이 내면을 억압한 채 '나는 괜찮아' '아무 문제 없어!'라고 말하던 것과 대조적이다. 곳곳에서 남자들이 낮은 목소리로 아픈 기억을 이야기하고, 눈물을 보이며 '괜찮지 않다'고 말하는 장면을 목격한다. 취약한 감정을 표현하기 시작했다는 것은 그만큼 남자들의 내면이 강인해졌다는 의미일 것이다.

남자가 통과하는 폐허의 시간

"지구는 좌절의 별이다. 불운이 겹치고 운명에 할퀴고, 이 사람에 속고 저 사람에게 걸려 넘어지는 것이 우리네 삶이다. 좌절하고 비웃음거리가 되고, 경쟁에서 늘 뒤처지는 것이 우리의 운명이다."

독일 언론인 볼프 슈나이더(Wolf Schneider)의 『위대한 패배자』(*Grosse Verlierer*)라는 책은 이렇게 시작된다. 저자는 골리앗부터 닉슨 대통령까지 역사상 패배자로 분류될 만한 인물들의 삶을 소개한다.

"종(種)으로서의 인간은 진화의 무수한 굴곡을 넘어온 고독한 승자지만 개인으로서 인간은 모두 실패하고 좌절한 사람들에 가깝다."

이 정의는 심리적으로도 진실이다. 사춘기 이전 사내아이에게 꿈이 무어냐고 물으면 대통령이라고 말하는 경우가 적지 않다. 소방관이나 스파이더맨처럼 자기 눈에 영웅으로 보이는 이를 꿈꾸며 그와 같은 사람이 되고자 한다. 그 시기 아이들은 영웅을 흉내 내면서 자기정체성을 만들어간다.

사춘기를 지나며 남자들은 꿈을 조정한다. 현실을 인식하면서 영웅을 포기하거나, 마음에 들지 않는 세상을 뜯어고치려 한다. 그 패기와 자신감은 근거 없는 낙관주의에 뿌리를 둔 경우가 많다. 직장에서 일하는 삼십대 남자들은 자연스럽게 꿈을 변화시킨다. 삶이 자기 뜻대로 풀려나가지 않는다는 사실을 받아들이면서 나르시시즘을 넘어서고 더욱 현실감각을 가진 사람이 된다.

남자가 지나는 삶의 발달단계마다 좌절과 폐허의 시간이 찾아온다. 사춘기 반항과 청춘기 방황은 예전의 꿈을 포기하고 새로운 삶의 방식을 받아들여야 하는 어려움의 결과이다. 그중 남자가 가장 극적으로 폐허를 경험하는 시기는 중년기이다. 그곳은 꿈을 최종적으로 포기해야 하는 지점이며, 꿈이 성취된 후의 허탈감과 만나는 곳이다.

"여기까지만 오면 모든 것이 해결될 줄 알았는데……"

맥 빠진 목소리로 중얼거리는 이들은 그토록 성공하고자 했던 이유가 무의식에 있는 결핍감 때문이라는 사실을 알아차릴 때까지 좌절을 넘어서지 못한다. 발달단계의 좌절이든, 현실에서의 패배든 남자가 경험하는 폐허의 시간은 소중한 경험이 된다. 마음이 낮고 어두운 곳에 머무는 시간들을 지나면서 비로소 겸허하고 강인하며, 공감할 줄 아는 사람이 된다.

위의 책은 이렇게 마무리된다.

"우리는 승리자들을 경탄하면서도 시기한다. 우리가 연민을 느끼고 공감하는 이들은 실패하거나 승리를 사기당한 사람들이다. 어떤 시련이 닥쳐도 밝은 표정으로 감내하는 이들에게 갈채를 보낸다. 착한 패배자란 혹시 '이상할 정도로 고상한 성품의 소유자'가 아닐까."

남자의 역할과 수많은 '자기'들

"내게는 '내 것'인 삶이 없었다. 내 이름, 성격, 진실은 어른들 것이었다. 나는 그들의 눈을 통해 나를 보았다. 그들이 없을 때도 등 뒤에서 그들의 시선을 느꼈다. ……나는 사기꾼이었다. 나를 구성했던 쾌활한 겉모습 틈으로 존재의 결여가 드러나곤 했다. 하지만 존재의 결여를 제대로 이해할 수도, 회피할 수도 없었다."

20세기 철학자 장 폴 사르트르(Jean-Paul Sartre)의 글이다. 『존재와 무(無)』(*L'Etre et le Neant*)의 탄생 배경과 실존주의 철학의 뿌리가 짐작되는 대목이다. 어린 사르트르는 자기가 누구인지 알기 전부터 할아버지와 어머니의 기대에 부응하기 위해 애썼다. 성인이 되어 내면의 거대한 공허와 만나기 전까지 그 역시 어른들이 부추겨온 이상화된 자기 모습에 도취되어 있었다. 마침내 그는 심각한 우울증을 통과해야 했다.

사르트르가 서술한 성장기는 대부분의 남자들이 밟는 과정이다. 부모의 요구를 그대로 자기 삶의 목표로 삼는 경우도 흔하다. 사회에서 다양한 역할을 맡고 있는 남자들은 역할에 따라 다른 태도를 연출해야 한다는 것도 알고 있다. 책임감 있는 리더, 순응하는 부하, 온순한 아들, 다정한 배우자, 인내하는 양육자 등등. 상황마다 다른 모습으로 살면서 남자의 내면은 점점 분열되어간다. 마침내 자기의 진짜 모습이 무엇인지 알 수 없어질 때까지.

현대 정신분석학파 중 자기심리학파 학자들은 인간 정신을 설명하는 도구로 '자기(self)' 개념을 제안한다. 그들은 '참자기'의 발현을 성숙하고 자발적인 정신의 척도로 삼는다. 하지만 우리 대부분은 부모와 환경에 적응하느라 위축된 자기, 포위된 자기, 거짓된 자기 등에 둘러싸여 생산적인 삶을 살지 못한다고 한다. 그중 '과대자기'는 남자들이 흔히 보이는 모습이다. 수컷 공작이 꼬리장식을 펼치듯, 위기의 동물이 몸집을 부풀리듯 인간 남자도 '있어 보이는 태도'를 보통의 생존법으로 사용한다.

『거짓자기』(*False Self: The Life of Masud Khan*)는 인도 출신 영국 정신분석학자 마수드 칸의 평전이다. 칸은 영국 정신분석학계 내에서 안정적 지위를 갖기 위해 유명인들과 관계 맺는 일에 힘썼는데, 그의 노력은 일견 '거짓자기'를 공고히 하는 과정이기도 했다. 저자인 린다 홉킨스(Linda Hopkins)는 그가 특별한 재능에도 불구하고 삶을 외롭고 후미진 곳으로 몰고 간 원인으로 '거짓자기'를 꼽는다.

"최소한 세명의 마수드가 있었다. 명석한 분석가, 독서와 그림 그리기를 즐기던 사적인 개인, 분노하고 질투하면서 경쟁자에게 가차 없는 정신병적인 마수드."

해법은 자기 자신과 자기 역할을 혼돈하지 않는 것이다. 내면에 자리잡은 참자기가 역할을 실행하는 '자기'들을 인식하고 통제할 수 있으면 괜찮다고 한다.

남자를 성장하게 하는
수평적 모임

그는 직장생활을 하면서 조직 내 어떤 모임에도 가입하지 않고 어느 라인에도 줄 서지 않는 사람이었다. 구성원들의 체형과 성향이 비슷하게 변해가는 조직에서 그는 끝까지 독립군으로 버틸 수 있는지 실험하는 것 같았다. 혹은 본질적으로 고독한 개인의 실존을 극단까지 밀어붙이기로 작정한 사람 같았다. 그는 내가 예전에 다녔던 회사 선배이다.

남자들은 셋만 모이면 위원회를 만든다고 한다. 힘의 서열에 침묵의 합의를 한 후 한사람은 위원장이 되고, 나머지는 총무와 회원이 된다. 그러한 조직과 단체들이 수직 서열에 따라 피라미드처럼 배열되어 있는 형국이 남자가 파악하는 세상이다. 그리하여 남자들은 평생을 두고 갈등한다. 조직에 순응할 것인가 떠날 것인가, 권위에 복종할 것인가 반발할 것인가, 라인에 설 것인가 벗어날 것인가. 그런 선택을 할 때 남자들은 가끔 생존이 걸린 듯한 위기감을 느낀다. 조직의 쓴맛에 대한 선험이 있는 것처럼.

영국 정신분석학자 도널드 위니콧(Donald Winnicott)은 '중간 공간'이라는 개념을 제안한다. 인간은 태어나면서부터 성장을 촉진시켜주는 환경을 필요로 한다. 초기에는 가정이 그 역할을 하고, 이후 성장하면서 만나는 모든 조직들이 개인의 성숙을 돕는 중간 공간이 된다. 남자들이 만드는 위원회나 단체들도 실은 사회생활에 필요한 경험과 지혜를 쌓도록 도와주는 촉진 환경인 셈이다. 조직이 '아버지의 이름'에 복종해야 했던 공포를 연상시킬 것인지, 건강한 중간 공간이 되어줄 것인지는 구성원들이 만들어가기 나름일 것이다.

미국 남성운동가들은 '남자들의 수평적 모임'을 확산시켜나가고 있다. 여자들의 우물가 모임처럼, 남자들의 공동체는 일정한 시간 장소를 정해놓고 만나 자기 삶의 이야기를 나누는 모임이다. 남자들이 평소에 들여다보지도 않고 내놓으려고도 하지 않는 속내 이야기와 내밀한 감정을 표현한다. 아버지 역할이나 섹스 이야기, 혹은 직장 내 갈등 같은 것. 물론 한명의 심리학자가 주도하면서 모임이 건강한 촉진 환경이 되도록 의식적으로 이끌어간다. 미국에는 그런 자조모임이 무수히 많다고 한다.

독립군이었던 예전 선배는 후배들이 내미는 모든 질문에 답을 갖고 있었다.

"직장에 남을까요, 내 길을 갈까요?"

어떤 후배가 조언을 구하면 무조건 네 길을 가라고 권했다. 그런 갈등을 한다는 것은 사용하지 않은 생의 에너지가 있다는 뜻이라고 했다. 생각해보면 그런 선배가 있어 조직의 촉진적 기능이 빛났던 듯하다.

남자의 취미활동과 그 속에 숨은 의미

삼십대 후반의 가장인 그는 가끔 딜레마에 처한다. 주로 남자 개인으로서의 욕구와 가장으로서의 역할이 서로 충돌하는 듯 느껴질 때 그런다. 혼자 등산을 떠나고 싶은데 아내가 가정을 돌보지 않는다고 잔소리할 때, 갖고 싶은 물건을 사려는데 벌써 아내의 살림 걱정하는 목소리가 환청처럼 들릴 때 딜레마에 빠진다. 가족의 생계를 책임지기 위해 일한 만큼, 그 정도 여가생활은 누릴 수 있는 게 아니냐고 큰소리치고 싶기도 하다.

실제로 많은 남자들이 여가활동을 즐긴다. 어떤 남자는 사물을 사랑하고 수집하는 취미를 가지고 있다. 여자가 보기에는 쓸모없어 보이는 물건, 작은 모형들을 수집해두고 즐거워한다. 그들에게 사물은 일종의 '대체 대상'이다. 가까운 사람과 친밀한 관계를 맺는 대신 사물에게 애착 감정을 품는다. 성장기에는 누구나 대체 대상을 갖는 시기가 있다. 그러나 성인이 된 후에도 사물들을 사랑하는 남자라면 그는 친밀한 사람과 건강한 애착관계를 맺기 어려워하는 사람일 것이다. 사실 수집 취미는 사물을 사랑하는 게 아니라 통제하고 조절하는 행위이다. 사물과 모형들의 세계를 마음대로 지배하고 경영하면서 내면의 불안감을 해소해나가는 것이다.

어떤 남자는 자연을 탐험하는 취미를 즐긴다. 등산 낚시처럼 가벼운 도전부터 심해와 우주까지 남자들의 모험 대상에는 한계가 없어 보인다.

야생의 자연 속에서 남자들은 내면의 파괴 본능, 대결 의식을 안전하게 풀어놓는다. 육체를 극단까지 밀어붙이면서 내면 깊은 곳에 잠재된 야성을 마음껏 경험한다. 총칼을 수집해서 집안에 장식해두는 행위에는 수집 취미와 모험 욕구가 결합되어 있는 셈이다.

또 어떤 남자는 여럿이 어울려 활동하는 취미를 즐긴다. 조기 축구회나 술자리 모임, 함께 즐기는 도박 같은 것. 그들에게 중요한 것은 술이나 도박이 아니라 사람들이 어울려서 만들어내는 공간이다. 심리적으로 의존할 수 있는 대상을 찾아 집단 속에서 소속감을 느끼고 싶어한다. 성장기에 원가족에게서 친밀감과 보살핌을 받지 못했기 때문에 '대체 공간'에서 그것을 얻고자 한다.

남자에게 나쁜 취미란 없다. 당사자의 심리적 삶에 절박하게 필요하기 때문에 그 행위에 몰두한다. 취미활동은 남자가 간접적으로 내면 감정과 접촉하는 통로이고, 결핍을 보상받고 그다음 단계로 성장할 수 있는 도구가 되어준다. 단, 행위의 의미를 이해하고 취미활동에서 배울 수 있을 때에만 그러하다. 성찰 없는 몰입, 한계 없는 추구는 중독으로 나아갈 위험이 있다.

십대 남자와
사십대 남자의 공통점

잉에보르크 바흐만(Ingeborg Bachmann)의 『삼십세』(*Das dreissigste Jahr*)를 읽은 영향인지 내가 젊었던 시절에 또래 여성들은 서른살이 되는 것을 두려워했다. 서른이 넘어도 시를 쓸 수 있을까, 서른세살에도 음악의 아름다움을 느낄 수 있을까 궁금해했다. 당시는 서른살이 넘으면 노처녀로 분류되는 분위기여서 스물아홉살 가을에 서둘러 결혼하는 친구도 있었다. 그 시기에 동년배 남자들은 상대적으로 나이에 대한 특별한 자의식이 없는 듯 보였다.

좀더 살아보니 남자들은 마흔살이 되자 아우성치기 시작했다. 마흔살을 넘기는 지인 남성들은 화난 듯 큰 목소리로 말했다.

"내가 마흔살이라니, 자다가도 벌떡 일어나게 돼."

"마흔살이 되었다는 사실을 절대로 받아들일 수 없어!"

따옴표 안의 문장은 내가 들었던 그대로이다. 그제야 나이에 대한 자의식에도 남녀 간에 차이가 있음을 알게 되었다. 그것이 신체 변화에 대한 감각 차이에서 비롯된다는 사실도 짐작할 수 있었다. 여자들은 자기 몸이 이십대에 가장 아름답다는 것을 알고 있고, 남자들은 마흔살을 넘기면서 신체적 능력이 예전 같지 않다는 것을 느끼게 된다.

남자 나이 마흔살은 특히 중년의 위기와 함께 온다. 남자의 중년에 대해 연구한 심리학자 짐 콘웨이(Jim Conway)는 남자의 중년기가 제2의 청소년기라 불리는 근거 세가지를 제시한다. 첫째로 신체적 변화이다.

청소년은 급격히 체격이 자라면서 경험되는 성적 욕구을 처리하지 못해 어려워하고, 중년 남자는 배가 나오고 몸무게가 늘면서 성적 능력이 예전 같지 못한 점에 충격받는다. 둘째는 심리적인 문제이다. 청소년은 폭발할 듯한 공격 에너지를 안고 환희와 우울 사이를 오가며 늘 불만족스러운 상태에 머문다. 중년 남자도 자신감과 무력감 사이를 오간다. 그간 성취해온 것에 자부심을 느끼다가도 부재하는 비전 때문에 암울해진다. 자기 자리를 위협하는 젊은이들에 대한 반감도 소화시켜야 한다. 세번째 공통점은 사회적 관계에 있다. 청소년의 교우관계는 격동적이고 불안정하여 그들의 에너지를 소진시킨다. 중년 남자의 대인관계도 어려움에 처한다. 그동안 경험한 인간에 대한 실망감 때문에 마음의 문을 닫았거나, 더이상 타인을 위해 허비할 시간이 없다고 느끼며 관계로부터 철수하고자 한다.

청소년기든, 중년기든 위기가 찾아오는 이유는 변화하는 과정에 있다는 뜻이다. 그 시기를 어떻게 넘기느냐에 따라 삶의 다음 단계가 달라진다. 청소년기를 무사히 넘긴 남자가 성인이 된다면, 중년기를 성공적으로 넘긴 남자는 '사회적 어른'이 된다고 한다.

중년기에 포기해야 하는 소중한 것들

앞의 글을 읽은 옛 상사가 이메일을 보내왔다. 글에 묘사된 사십대 남자의 징후는 건강이 좋아지고 수명이 연장된 요즘 남자들의 경우 오십대나 되어야 경험하는 현상이라는 내용이었다. 합리적인 말씀일 것이다. 더디게 나이 드는 현상은 여성에게서도 똑같이 발견된다. 메일에는 이런 문장이 있었다.

"60세 이후에는 노인이 되는 사람과 어르신이 되는 사람이 있다."

노인과 어르신의 차이는 중년을 어떻게 보내는가에 달렸을 것이다. 정신분석학 초기부터 칼 구스타프 융은 연구의 초점을 중년기 이후 삶에 맞추었다. 그뒤 많은 학자들이 중년의 위기와 성인의 삶에 찾아오는 갈등에 대해 연구했다. 심리학자들은 중년의 위기가 오는 첫째 이유를 그때까지 사용해온 유아기 생존법 때문으로 본다. '나는 원래 이런 사람이야'라고 고집해온 성격, 성향들이 중년이 되면 갈등 요소로 작용한다. 그동안 지녀온 의존적, 경쟁적 태도가 성숙한 삶에 적합하지 않음을 알아차리고 포기해야 하는 순간이 오는 것이다. 중년기 이후에는 변화한 지위에 맞춰 후배들을 지도하거나 부하 직원을 훈련하는 역할을 맡아야 한다.

중년이 되면 꿈과 소망도 포기해야 한다. 우리의 꿈이란 대체로 성장기의 결핍이거나 부모의 꿈을 내면화한 것들이다. 중년이 되면 이미 이룬 꿈도, 아직 못 이룬 소망도 포기해야 한다. 꿈을 이뤘는데 이 허탈감은 무엇이냐고 실망하거나, 뒤늦게라도 꿈을 찾겠다면서 궤도를 벗어나는 이들을 목격한다. 중년이 되면 이타적 삶의 비전을 확립하고, 자녀가 자발적인 꿈을 꾸도록 격려하고 자녀의 꿈을 지지하는 역할을 맡는다.

중년이 되면 무엇보다 성에 대한 인식 점검에 들어가야 한다. 젊은 시절처럼 빨리 달릴 수 없는 게 당연하듯 성적 능력도 그렇다는 사실을 받아들인다. 보신음식을 찾아다니면 허리만 굵어지고, 약물에 기대면 후유증이 남고, 새로운 성적 대상을 찾아다니면 생을 낭비할 뿐이다. 달라진 성적 역량에 맞는 성생활을 찾아내고, 친밀감을 나누거나 스트레스를 해소하는 섹스 이외의 창구를 마련해야 한다고 전문가들은 제안한다. 성적 능력을 곧 자존감처럼 여기는 태도도 포기해야 한다.

중년기에 포기해야 하는 삶의 기능들은 여성에게도 동일하게 적용된다. 앞서 언급한 옛 상사는 내가 형편없이 모나고 미숙했던 이십대의 인연이다. 돌이켜보면 그 시기 어른들은 지금 그 나이대를 지나는 우리보다 한결 관대하고 성숙한 성품을 지녔던 것 같다. 우리의 미숙함 또한 더디게 나이 먹는 문화와 관련 있는 게 아닐까, 핑계를 떠올려본다.

중년의 위기와 결혼반지의 효능

중년의 싱글인 그 여성은 왼손 약지에 결혼반지를 끼고 다닌다. 반지를 끼기 전에는 가상 시나리오를 사용했다. 오가며 만나는 남자들이 프라이버시를 뚫고 들어오는 질문을 내밀 때, 멋진 남편 사랑스러운 자녀와 행복한 결혼생활 중이라는 소설을 들려주었다. 싱글이라는 사실을 밝혔을 때 초래되는 번거로움을 예방하기 위해서였다. 결혼반지는 그보다 효과가 더욱 커서 불필요한 질문 자체를 차단해주더라고 한다.

남자에게도 결혼반지에 대한 특별한 자의식이 있어 보인다. 출장길에 빼놓고 가고 싶은 것, 아내의 종용에 마지못해 끼는 것, 매혹적인 여자 앞에서 슬그머니 빼어 주머니에 넣었다가 잃어버리기도 하는 것. 그리하여 여자들도 남자의 결혼반지에 대해 편견을 가지게 되었다. 결혼반지를 낀 남자는 성실한 가장일 것이라는 편견, 결혼반지를 끼지 않는 남자는 모든 여자에게 자기를 열어두고자 하는 게 아닌가 하는 의구심.

짐 콘웨이의 저서 『남자 나이 마흔이 된다는 것』(*Men in Midlife Crisis*)은 남자의 중년 위기를 탐구한 책이다. 남자들이 35세부터 55세 사이에 맞게 되는 우울, 좌절은 신체적 늙음의 징후들을 받아들일 수 없는 데서 비롯된다. 심리적으로는 그동안 애쓴 삶이 부질없이 느껴지고 공허해진다. 중년의 가장은 한밤중에 깨어 생각에 잠긴다.

"나는 돈 벌어다주는 기계인가. 온 가족이 나를 사용하면서도 고마움을 느낄 줄 모르는 게 아닌가."

그럴 때 중년 남자가 손쉽게 찾아내는 해법이 외도이다. 외도는 신체적 늙음과 심리적 허망함이 한순간에 회복되는 듯한 기적을 맛보게 한다. 자신감이 되살아나고 삶에 보상을 받는 것 같기도 하다.

"결혼반지는 부부관계에 시련이 닥쳤을 때 위력을 발휘한다. 아내와 다툰 뒤 문득 반지에 눈길이 가면서 분노가 사라지는 것을 여러번 경험했다. 반지는 머리에 찬물을 끼얹는 것 같은 효능이 있다."

미국 작가 에릭 락스(Eric Lax)의 글이다. 결혼반지를 보면서 저런 자각을 하는 사람은 소수의 도덕적인 사람들일 것이다. 짐 콘웨이는 외도하는 남자들이 그 일을 중단하는 것은 가족에 대한 의무나 도덕성 때문이 아니라고 한다. 외도의 만족감이 줄어들고 그 관계가 오히려 새로운 갈등의 원인이 될 때 거기서 벗어나고 싶어한다. 심리학자들은 중년의 위기란 곧 삶의 변화가 필요한 시기라는 의미라고 말한다. 그것은 성장기에 만들어 가진 후 점검 없이 사용해온 생존법이 더이상 유효하지 않기 때문에 찾아온다. 나이에 적합한 삶의 도구와 비전을 새롭게 확보해야만 해결되는 문제라고 한다.

중년 남자가
직업에 회의를 느낄 때

그는 치과의사였다. 마흔살이 되던 해, 타인의 입속을 들여다보며 견적 내는 자신을 견딜 수 없다는 이유로 일을 접었다. 삶을 재점검하여 직업을 바꾸기를 소망했다. 이년간의 휴식과 모색 끝에 그가 찾아낸 진실은 이랬다.

"치과의사라는 직업에는 잘못이 없었어. 그 일을 통해 내가 도달하고자 했던 목표가 문제였지."

다시 개업한 후 그는 시간과 재능을 타인을 위해 할애하기 시작했다. 헌신과 봉사 요소를 직업에 포함시킨 후 전보다 활기차고 만족스러운 삶을 살게 되었다.

중년기에 접어든 사람은 어떤 경로로든 직업에 대한 회의와 맞닥뜨린다. 직업을 정체성과 등가로 여기는 남자에게 그것은 실존의 뿌리를 흔드는 경험이다. 그때 남자들의 대응법에 세가지 유형이 있다고 심리학자들은 말한다.

"자신의 가치를 입증하기 위해 더욱 열심히 일에 몰입하는 유형, 경쟁사회에 염증을 느끼고 조직에 이용당했다고 여기며 일을 접는 유형, 다른 직업을 선택함으로써 새로운 삶을 꿈꾸는 유형."

어떤 방식을 선택하든 마음에는 실직의 두려움이 자리 잡는다.

심리학 이론상으로는, 중년기 들어 직업에 대한 회의가 일 때는 우선 마음을 점검해야 한다. "평생 열심히 일했지만 이게 다 무슨 소용인가?"

삶은 바로 그 허탈감을 살펴봐야 한다. 정체성은 직업과 등가가 아니며, 인정받기 위해 일했기에 만족감을 느낄 수 없었고, 경쟁심에 쫓기느라 일의 진짜 의미를 알아차리지 못했음을 이해해야 한다.

“내 사업 번창을 빌까, 아들의 대학 합격을 빌까?”

한 중년 남자가 새해 일출을 보며 갈등했다는 얘기를 들었다. 두가지 소원을 말해도 된다는 사실을 모를 정도로 경쟁심이 컸고, 기도만으로도 자기 몫을 덜어주는 듯 느낄 정도의 결핍감이 있었다.

“중년기 이후 심리적 문제는 종교적 성향을 갖지 않으면 해결하기 어렵다.”

융의 말이다. 종교적 성향이란 사랑과 자비심을 뜻할 것이다.

“중년기 남자의 정체성 정립에는 양가성 통합이 전제되어야 한다.”

이것은 에릭 에릭슨의 말이다. 특히 중년기에는 창조성과 파괴성의 대립을 통합해야 한다. ‘이게 다 무슨 소용인가’가 아니라 ‘이 일로써 무엇을 할 것인가’ 쪽으로 마음을 바꾸는 것이다. 앞서 언급한 치과의사는 실은 싱글 여성이다. 가장인 남자보다는 책임감이 덜해 안식년이나 봉사활동이 가능하지 않은가 반문할 수 있다. 그런 의문이 혹시 경쟁심이나 박탈감은 아닐까. 아들을 위한 기도조차 흔쾌히 하지 못하는 아버지처럼.

남자가 홀로
산길을 걸을 때

중년인 그는 삶이 급격히 변화하던 시기에 의례처럼 주말 야간 산행을 했다. 바위 밑에서 비박할 때면 주변에 백반을 뿌리고 가슴에 짧은 칼 하나를 품고 잠들었다. 또다른 중년 남자는 월례 행사처럼 등산을 한다. 열두시간 넘게 산을 타야 한달 살아낼 힘을 얻는다고 믿는다. 주말이면 집 근처 산에 오르거나, 모임을 만들어 단체 산행을 즐기는 남자들은 더 많다. 그들에게 왜 산에 가느냐고 물으면 건강, 친목 도모 등의 이유를 말한다. 가끔은 산에서 맞닥뜨리는 여자에 대해 이야기한다. 이 정도 얼굴이면 산에서도 먹히지 않겠느냐고.

남자들이 눙치는 말 뒤에는 다른 이유가 있는 듯하다. 그들에게는 혼자 조용히 머무를 공간이 필요해 보인다. 현대의 많은 남자들은 집에 자기만의 공간을 갖고 있지 못하다. 침실이나 거실뿐 아니라 집안 전체가 아내 취향에 맞춰 꾸며진 여성의 공간이다. 자식들도 저마다의 공간을 성처럼 수호한다. 하루치 노동을 끝내고 퇴근하면 혼자 조용히 쉬고 싶은데 집 안 어디에도 그럴 만한 마땅한 공간이 없다. 간혹 베란다에서 담배 피우는 남자를 목격할 때면 그들에게 허용된 공간은 그 정도겠구나, 싶었다.

물리적 공간뿐 아니라 심리적 공간도 없다고 느낀다. 관계 지향적인 속성에, 감정을 언어로 표현하는 아내들은 남편이 퇴근하면 곁에 머무르면서 낮 동안 있었던 일을 말하고 싶어한다. 그것을 친밀감을 표현하는 방식이라 여긴다. 방전 직전의 머릿속을 달래며 아내 말을 듣는 남편들은 간혹 판단, 평가하는 말을 내놓는다. 내면의 불편한 감정이 자기도 모르게 솟구치는 탓이다. 그 결과, 당신을 비판하려는 의도가 아니었다고 해명하는 일까지 떠안고야 만다.

자기만의 공간이 없다고 느끼는 남자들은 틈내어 산이나 낚시터를 찾는다. 숲길을 오래 걷거나 물가에 조용히 머무르며 깊은 숨을 내쉰다. 몸과 마음이 이완되고 평화가 찾아온다. 비로소 내면에도 의식의 공간이 생겨나고 테메노스(temenos), 즉 연금술사의 그릇이 만들어진다. 그릇 속에 위험하고 불편한 감정을 쓸어담은 후 그것이 숙성 변화되어 유익한 성분이 되기를 기다린다. 유전자 속에 기호화되어 있는 야성의 감각도 깨어난다. 백마를 달리며 새벽을 열던 기억, 나무 그림자로 방향를 잡던 원시의 사냥터가 되살아난다. 야생의 자연 공간에서 육체가 단련되고 정신이 제련된다. 그런 시간을 가진 후에는 '내가 좋은가, 산이 좋은가' 하는 아내의 질문도 참을 만해진다. 물론 아내가 산행에 동행하겠다고 나서면 깜짝 놀라겠지만.

남자의 중년 위기와 성적 능력의 위기

언젠가 소설로 써야지 하며 아껴둔 소재가 하나 있다. 중년 부부가 이십년간의 결혼생활을 청산하는 마지막 밤에 관한 이야기. 이혼 수속을 마치고, 짐도 꾸려두고, 날이 밝으면 각자의 길로 떠나기로 한 밤, 그들은 마지막 섹스를 나눈다. 죽일 듯 서로 미워했지만 막상 헤어지려니 묵은 정들이 솟아올라, 마지막 섹스 속에는 수많은 감정, 상징, 기표들이 들끓는다. 이 소재는 온전한 허구는 아니다. 현실에서 발생하는 흔한 사건들을 참고했을 뿐이다.

중년이 되면 부부생활의 다양한 영역에서 위기가 섞여든다. 그중 대표적인 것이 성 문제이다. 이전 시대에는 주로 남편 쪽에서 성적 불만을 토로했다. 부인이 불감증이며 성에 관심이 없다고 불평하면서 그것으로 자신의 외도를 합리화했다. 그 시대에는 남편의 외도가 탄로 나는 것과 동시에 아내 쪽에서 문제를 삼으며 결혼생활을 청산하고자 했다. 시대가 변하면서 최근에는 다른 현상이 나타나고 있다. 남편이 성적 욕구를 만족시켜주지 못한다고 불평하는 아내들이 등장하고, 아내의 외도가 발각되면서 결혼생활에 위기가 온다. 외도한 연인이나 배우자를 살해한 남자 이야기가 요즈음 자주 뉴스에 등장한다.

성 의학자 부부 마스터스 앤드 존슨(Masters and Johnson)의 연구에 의하면 중년의 성 문제는 신체적 기능 문제가 아니라 정서적 친밀감의 문제라고 한다. 그들은 부부의 성 불능 문제를 도울 때 정서적 관계 회복에 초점을 둔다고 한다.

"성행위에 대한 압박감은 묻어두고, 대화와 접촉을 통해 우선 친밀한 관계를 정립하도록 돕는다. 친밀한 관계가 회복되면 부부 사이에 자연스럽게 성적 흥미가 나타난다."

그런 점에서 중년 부부의 성생활은 그들의 결혼생활을 측정하는 지표가 된다. 성생활에 문제가 없다면 잘 소통하고 배려하는 관계를 맺고 있다는 뜻일 것이다.

"중년의 위기 동안, 남자의 성적 능력은 그의 유일한 최대 관심사이다."

심리학자 짐 콘웨이의 말이다. 남자의 중년 위기는 실은 성적 능력의 위기와 동의어이다. 남자는 성적 능력이 떨어지면 배우자에게 사랑받지 못할까봐 불안감을 느낀다. 남자 역시 성행위에서 중요한 요소는 사랑받는다고 느끼는 감정이다.

한 중년 남자는 아내가 애정 없는 포옹을 할 때만큼 외로운 일은 없다고 한다. 이 말은 아내들 목소리를 패러디한 것 같다.

"남편의 의무 방어전만큼 외로움을 느끼게 하는 일은 없다."

바깥으로 돌면서 새로운 성적 대상을 찾는 이들의 공통점이 있다. 정서적 친밀감을 나눌 줄 모른다는 것, 내면의 외로움을 알아차리지 못한다는 것.

위기에서 심리발달을 이루는 남자

사적인 자리에서 '우리나라는 앞으로 어떻게 될 것인가?'라는 주제를 화제 삼는 경우가 있다. 정치적 혼돈 양상 앞에서, 경제 위기가 닥칠 때, 국민이 불안감에 휩싸이는 사건이 터졌을 때, 나 역시 사람들을 만나면 '한국의 미래는?' 같은 질문을 테이블에 올려본다. 우리나라는 휴전국, 전쟁을 잠시 쉬는 중이다. 불꽃을 뿜는 활화산 아랫마을 주민들처럼 불안에 무감각해지거나 근거 없는 낙관성을 발달시켜야 살아갈 수 있었다. 그랬기에 크고 작은 사건을 만날 때마다 내면에 억압해둔 불안감이 큰 위기감으로 느껴질 수밖에 없었다.

심리학, 정신분석학은 처음에 주로 유년기, 청소년기 인간 발달과정을 연구했다. 이후 문화인류학과 정신분석학을 함께 연구한 에릭 에릭슨은 개인의 심리 성장은 사회 환경에 영향을 받으며, 성인이 된 후 삶의 과정에서도 인간 정신은 계속 발달한다는 사실을 제안했다. 심리학자 대니얼 레빈슨(Daniel J. Levinson)은 개인이 사회생활을 하는 동안 밟아가는 심리 발달과정을 연구했다. 인간은 생애기간 동안 네번의 전환기를 맞으며, 그때마다 불안과 무력감 같은 심리적 위기를 겪는다. 그러한 위기의 순간마다 자기 정체성을 점검하고 삶의 방향을 모색하여 다음 단계 삶에 필요한 심리 기능들을 확보한다. 그렇게 나이에 적합한 성인 발달단계를 잘 이행하면 마지막에 "다음 세대를 지도하는 원숙함과 따듯함의 시기"에 도달한다. 진정한 어른이 된다는 뜻이다.

세계 대중문화는 삼십대 중반 나이 수준이라는 글을 본 적 있다. 그중에서도 걸 그룹, 게임, 미니어처 수집에 열광하는 우리 문화는 몇살쯤일까 생각해본 적도 있다. 그런 이들에게는 그런 방법으로 보살펴야 하는 트라우마, 정체된 내면이 있다는 뜻이다. 그렇게 살던 이들도 삶에 위기가 닥쳐오면 문제를 해결하는 과정에서 비로소 성장의 다음 걸음을 내디디게 된다.

"역경(逆境)에서 수행한다."

어떤 이가 저 불가의 관용구를 삶의 비밀병기로 사용한다면서 내게 비전처럼 말해주었다. 그는 살다가 어려운 시기를 만나면 새로운 지혜와 역량이 필요하다는 뜻이라 여기면서 한동안 그릇을 키우는 일에 집중한다고 했다.

똑같은 논리가 사회에도 적용되는 듯하다. 공동체 조직은 주기적으로 번영과 위기의 시기를 번갈아가며 맞이한다. 이때 문제를 해결하고 위기를 넘기는 과정에서 지혜와 근력을 키워 이전보다 안정되고 성숙한 사회로 거듭나야 할 것이다.

충족될 수 없는 남자의 수직상승 욕망

한때 양화대교 근처 한강에는 강물을 뚫고 수직으로 솟구쳐오르는 분수 시설이 있었다. 수면에서 솟아나와 허공에서 흔들리다 맥없이 추락하는 물줄기와 마주치면 누군가 내게 농담을 걸어오는 것 같았다. 그곳에 왜 그런 형상의 물줄기를 만들고자 했을까 궁금해하다가 자칫 앞차와 추돌할 뻔하기도 했다.

수직상승 욕망은 철저하게 남자의 것이다. 아침마다 확인하고 싶은 신체 반응부터, 피라미드 구조로 세상을 파악하는 사회적 인식, 권력이 있는 곳에 단상을 쌓고 기념탑을 세우는 행위까지, 그것은 남자의 자부심과 직결된다. 수직상승 욕망은 고대 이집트의 오벨리스크에서도 발견되고, 중세에는 유럽 전역으로 옮겨갔으며, 현대에는 마천루와 첨탑 형태로 표현된다. 욕망이 왜 높아지기만 하는가 묻는 것은 어리석어 보인다. 욕망을 '우리가 요구한 것과 충족된 것 사이의 간극이 마음속에 쌓여서 만들어지는 감정'이라 규정한 사람은 프랑스 정신분석가 자끄 라깡이다. 그는 욕망이 무의식적으로 작동하기 때문에 본질적으로, 결코, 충족될 수 없으며 인간은 욕망을 포기하는 순간부터 성장한다고 주장한다.

생애주기 관점에서 볼 때 욕망이 최고점을 찍는 시기는 출생 직후일 것이다. 생존 자체가 외부 손길에 달려 있기 때문에 필요한 것은 많고 충족되는 것은 적다. 삶에서 필요한 것을 스스로 해결할 수 있는 성인이 되면 욕망이라는 찌꺼기가 더는 마음에 쌓이지 않을 것이다. 더이상 삶에 요구할 것 없는 노년에 이르면 욕망 없이 순연한 비움의 과정을 걸을 수 있을 것이다. 물론 이런 생각은 순진한 착오이다.

현실에서 남자의 욕망은 나이 듦이나 삶의 성취에 영향을 받지 않는다. 그것은 온전히 무의식적, 생물학적 본능을 따르며 삶의 마지막 순간까지 꾸준히 높아진다. 작가 모리악(François Mauriac)은 여든에 이렇게 썼다.

"쇠약해지지도 않았고, 실추되지도 않았고, 부유해지지도 않았다. 언제나 똑같다. 노인에게 삶에서 얻은 것들에 대해 말하지 말라. 그렇게 많은 해를 살면서 우리 안으로 흘러들어온 것 중 우리가 지니고 있는 것이 이렇게 보잘것없다는 사실은 믿기 어려운 일이다."

인간의 무의식이 욕망과 결핍에만 집중되어 있기 때문에 인류 역사에는 '잘 늙는 문화'에 대한 고찰이 희귀할 정도로 드물다. 많은 이들이 나이 듦을 '더이상 젊지 않다, 변방으로 소외되었고 이전처럼 유용하지 못하다'는 의미로 해석한다. 위로 솟구치는 욕망이 내면에 존재하는 한 그런 인식을 버리기 어려울 것이다.

불멸을 꿈꾸는 남자의 본능

파블로 피카소, 찰리 채플린, 파블로 카잘스. 이들의 공통점은 저마다의 예술활동으로 이름을 떨쳤을 뿐 아니라, 노년에 이르기까지 창의성을 유지한 예술가라는 점이다. 또다른 공통점은 생을 두고 많은 여자와 사랑을 나누었으며, 특히 노년에 이르러 젊고 아름다운 여자와 결혼했다는 점이다. 대부분의 남자들이 소망하는 특별한 삶이 아닐까 싶다.

기원전 44년, 62세의 키케로(Cicero)는 수필 『노년에 관하여』(*Cato Maior de Senectute*)에서 노인이 왜 불행하게 보이는가에 대한 이유 네가지를 거론했다. 일을 할 수 없다는 것, 몸이 약해진다는 것, 거의 모든 쾌락을 빼앗긴다는 것, 죽음으로부터 멀지 않다는 것. 그는 이 항목들을 제시한 후 그것을 논리적으로 하나씩 격파하면서 노년에도 삶을 즐길 수 있다고 피력한다. 프로이트는 정신분석 이론을 만들면서 인간을 설명하는 두가지 용어를 제안했다. 에로스(Eros)와 타나토스(Thanatos), 자기보존 본능과 자기파괴 본능이다. 프로이트가 이상하게 여겨 관심을 가졌던 쪽은 자기파괴 본능이었다. 목숨을 보호하고자 하는 욕구는 모든 생명체의 기본 기능인데 왜 인간은 스스로 목숨을 버리는 유일한 종족인가.

남성이 주도하는 과학과 학문은 본질적으로 인간이 건강하게 오래 사는 문제를 연구해왔다. 현대사회는 키케로가 언급한 노인의 조건들을 일상적 삶 속에서 구체적으로 타파할 수 있는 제도를 만들어나가고 있다. 불멸에 대한 남자들의 욕구는 삶 속에서 다양한 형태로 나타난다. 술자리에서 '구구팔팔!'을 외치며 건배하거나, 죽을 때까지 재산을 꼭 쥐고 있거나, 노년에 젊은 여자와 결혼해 또 자식을 보는 일 등등. 아버지 역할을 해낼 수 있을지에 대한 고려보다는 더 많은 유전자를 세상에 남겨 불멸을 이루고자 하는 욕구가 앞선다. 무엇보다 남자들은 사회적 성취를 통해 역사에 이름을 남김으로써 불멸을 이루고자 한다. 그들은 호랑이조차 죽어서 가죽을 남기고 싶어했다고 믿을 정도이다.

상대적으로 여자는 남자보다 불멸에의 욕구가 적은 듯 보인다. 노년에 이르러 젊은 남자와 결혼하는 여성이 드문 이유가 사회적 권력의 문제만은 아닐 것이다. 한탄조라도 '늙으면 죽어야지……' 말하는 사람도, 평생 어렵게 모은 재산을 선뜻 사회에 기부하는 사람도 대체로 여성 노인들이다. 남성 노인들은 마지막 순간까지 권력과 재산을 그러쥐고 있으려 한다. 특별히 어리석거나 욕심이 많아서가 아니다. 불멸에의 욕구에 휘둘리면서 여전히 세상에서 할 일이 있다고 믿기 때문이다. 삼십년 혹은 사십년 후에 죽는다는 자명한 사실을 염두에 두면 삶이 투명해진다. 젊음을 시기하지 않아 좋은 어른 역할을 할 수도 있겠다.

노년의 삶에도 소망이 필요하다

이십년 이상 외국에 살다가 귀국한 지인이 우리 사회에서 만나는 극명한 변화로 '노인들 모습'을 꼽았다. 그는 예전 노인들이 품위 있고 존경받는 지위에 있었다고 기억했다. 돌아와 한국 사회에서 목격한 노인들은 대체로 화가 나 있고, 조급하고, 불만감에 가득 차 있더라고 했다.

물론 그것이 노인 개인의 문제만은 아닐 것이다. 한국 사회의 성장 견인차 역할을 해온 그들이 노년에 이르러 느끼는 허망함을 왜 모르겠는가. 경제적으로 풍요로워진 사회가 노인에게 떠안기는 상대적 박탈감도 작용할 것이다. 전세계적으로 개인들이 더디게 나이 드는 현상도 이전과 다른 노인의 탄생에 기여했을 것이다. 그 모든 요인들을 염두에 두어도 끝내 기이한 대목은 우리에게 나이 듦에 대한 담론이 없다는 점이다. 노년에 대한 인식, 노년의 삶에 대한 모색, 노년에도 가능한 삶의 소망 등에 대해 말하지 않는다는 점이다.

"우리 사회는 노년을 마치 수치스러운 비밀처럼 여긴다. 그것을 입에 담는 것조차 예의에 어긋나는 일이다. 문학에서도 만화에서도 늙음은 금지된 주제이다. 내가 노년에 관한 에세이를 준비한다고 말하자 대부분의 사람은 이렇게 반응했다. 참 이상한 생각을 하셨군요."

프랑스 여성 작가 시몬 드 보부아르(Simone de Beauvoir)가 1970년에 출간한 『노년』(*La Vieillesse*)이라는 책 서문 일부이다. 저자는 서문에서 생산에 종사하지 않는 자들의 인권이 소홀히 취급되는 세계의 음모를 깨뜨리고자 한다는 집필 의도를 밝히고 있다.

노년을 주제로 하는 남성 저자의 책도 이따금 보인다. 인상적인 책으로는 앞서 언급한 기원전 철학자 키케로의 『노년에 관하여』와 현대 일본 작가 세키 간테이(関 頑亭)의 『불량하게 나이드는 법(不良老人のススメ)』을 꼽을 수 있다. 두 책 사이에도 시대적 변화가 명백히 읽힌다. 키케로는 노년을 유연하고 관대한 성품으로 성숙해가는 존경받는 스승의 자리라고 정의한다. 2000년에 출간된 간테이의 책에서는 노년이 나이 듦에도 불구하고 신체적 정신적 젊음을 유지할 수 있다는 주장에 초점을 맞춘다. 첫장에서부터 저자는 여든살임에도 자신이 '색골'로 소문나 있다고 은근히 자랑한다.

어떤 노년을 보낼 것인지는 온전히 개인적 선택에 달린 문제이다. 하지만 노년을 보편적으로 무용함, 소외감, 박탈감 등의 이미지와 쉽게 연결시키는 우리 사회는 나이 듦에 대한 새로운 인식이 필요하지 않을까 싶다. '일하지 않는 자, 먹지도 마라'라는 말은 노년기의 사람들에게는 폭력일 수 있겠구나 하는 뒤늦은 깨달음이 찾아온다.

남자가 맞닥뜨리는 모욕과 낭비

그는 얼마 전에 은퇴한 선배 남성이다. 오후 두시의 광화문 거리에서 우연히 만났을 때 근처 미술관에 전시회를 보러 가는 길이라고 했다. 찻집에서 차를 마시면서 그의 은퇴 후 근황을 들었다. 클라리넷 연주를 배우기 시작했고, 전시회를 보러 다니며, 청계천변을 산책한다고 말했다. 무엇보다 예전 인맥들과 점심식사 약속을 자주 만드는 듯했는데, 그 명단 끝에 내 이름도 끼워넣었다. 그는 밝게 웃으며 말했지만 그에게서 건너오는 분위기는 쓸쓸했고, 주변 공기를 무겁게 만드는 듯했다. 한참 활기차게 일할 때의 그를 기억하고 있기에 더욱 그랬다.

우리 세대 직장인들 중에는 워커홀릭이라 불릴 만한 이들도 흔하고, 어떤 이에게는 직업이 정체성의 전부이기도 하다. 그런 이들이 평생 일한 자리에서 물러난다는 것이 어떤 의미일지 새삼 생각해보게 되었다. 은퇴라는 제도를 누가 만들었는지 몰라도 그것은 치명적인 발명품임에 틀림없다. 은퇴제도를 고안한 사람 역시 은퇴의 순간 자신이 한 일을 후회했을 것이다. 은퇴는 자본주의 사회가 가하는 '모욕과 낭비'처럼 보인다.

팔십년대 미국 자동차 공장들에서는 나이 든 노동자들을 대거 해고했다고 한다. 회계장부와 경제적 합리주의에 근거한 정리 해고였다. 그 직후 어쩐 일인지 상황은 더욱 악화되었다. 톰 피터스(Thomas J. Peters)와 로버트 워터맨(Robert H. Waterman, Jr.)이 쓴『뛰어난 장점들을 찾아서』

(*In Search of Excellence*)에 의하면 그 공장들은 공장 전체를 돌아보면서 작업 상황을 감독해줄 사람으로 나이 든 이들을 다시 불러들였다고 한다. 임금을 더 많이 주고 근무시간은 더 짧게 해주는 조건이었다. 그들은 어떤 기계가 언제쯤 문제를 일으킬지, 개인들의 긴장이 언제쯤 위기 국면으로 전환될지 명확히 짚어낼 수 있는 육감을 가지고 있었다. 징후를 읽어내는 통찰력을 발휘하여 문제가 불거지기 전에 예방할 수 있었다. 경험으로 쌓은 그런 노하우를 대체할 수 있는 것은 없다. 은퇴제도가 없던 시대에는 모든 남자가 나이 들면 어른의 자리에 올랐다. 그들은 평생토록 경험을 통해 축적한 지혜를 다음 세대에게 넘겨주면서 죽는 순간까지 영광스럽게 일했다.

거리에서 만났던 선배는 다음 학기쯤 대학에 강의를 나가게 될 것이라고 말했다. 확정된 일은 아니지만 가능성을 갖고 모색 중이라고 한다. 그가 평생 쌓아온 전문성이 그런 방식으로 후배들에게 전해진다면 다행스러운 일일 것이다.

남자들의 시선을 내면으로 돌리기 위하여

이 글들을 쓰기 시작할 때의 의도는 한없이 벌어져가는 남녀 사이 간극을 메울 수 있었으면 하는 거였다. 현실에서 만나는 여성들은 남자의 실체에 대해 놀라울 정도로 무지했다. 그들은 남자 인간을 보는 게 아니라 내면의 남자 환상을 원하고 있었다.

남자도 마찬가지였다. 여성들이 자존감으로 무장한 채 주체적으로 변해가는 동안 남자들은 자기 내면을 알지도 표현하지도 못한 채 여자들을 못마땅해하는 상태로 머물렀다. 그런 이들이 부부가 되어 자녀에게 심각한 심리적 문제를 물려주었다. 내가 안타까웠던 이들은 생을 시작하기도 전에 고통부터 떠안는 청소년과 청년들이었다. 그들을 도우려면 우선 부모 세대가 변해야 한다고 믿었다.

어쨌든, 이 글들을 쓰기 시작하고 두어달쯤 흐른 후 한 지인 남성이 물었다.

"이제 남자들한테서 전화 안 오지?"

놀라워라. 이전에는 안부 묻듯, 어장관리하듯 연락하던 이들의 전화가 모두 끊긴 상태였다. 지금까지도. (사실 그 일은 고맙다. 불필요하게 에너지가 낭비되던 구멍 하나가 사라진 셈이다.)

다음으로 미안한 마음이다. 남자들이 숨기고 싶어하는 내면을 꺼내 보이면서 읽는 이들을 불편하게 했을 것이다. 정신분석이나 심리상담을 받는 사람이 맞닥뜨리는 첫번째 고비는 나르시시즘적 페르소나가 파괴되는 지점이다. 아프고 슬프고 찌질한 내면과 마주칠 때, 그런 자신을 인정할 수 없어 열명 중 서너명은 그 작업을 중단한다. 두번째 고비는 내면의 불안이나 분노가 인식되는 지점에서 찾아온다. 사랑하는 사람을 다치게 하거나, 사랑하는 사람으로부터 배척당할까봐 두려워 억압해둔 성장기 감정들이 심리치료 현장에서 터져나온다. 그 감정을 회피하면서 작업을 중단할 때 그들 내면에는 여전히 힘있는 과거 대상들을 두려워하는 마음이 존재하는 셈이다.

비슷한 무렵에 또다른 남성이 물었다.

"어떻게 그렇게 용감할 수 있지?"

남성 중심 세상의 반향이 두렵지 않은가 하는 질문이었고, 그의 내면에 있는 불안이 짐작되는 언어였다.

글쓰기를 마무리하면서 감사와 사과의 말씀을 전한다. 이 지면의 글이 남자를 불편하게 했다면 미안한 일이다. 하지만 그것은 또한 내가 의도했던 일이다. 모든 문제를 외부로만 투사하는 남자들의 마음을 들쑤셔 어떻게든 내면으로 시선을 돌리게 하고 싶었다. 내게 소망이 있다면 '여자, 소설가'로서 이 남성 중심 세상에서 추방당하지 않고 무사히 살아가는 것이다.

작가의 말

낙엽 지는 계절, 바람 탄 은행잎이 9층 높이까지 솟구친다. 목숨 다한 것들이 마지막 몸부림과 함께 스러지면서 빛나는 아름다움을 선사한다. 생각의 바깥 껍질이 한겹 떨어져나간다. 동시에 생각 안쪽에서 새살이 차오르기 시작한다. 변화무쌍해서 아름다운 세상 한가운데, 나란히 걷는 남녀의 어깨를 은행잎이 건드리고 지나간다.

지난 2년 동안 한 일간지에 연재한 글을 묶었다. 지면을 내어준 매체, 책으로 만들어준 출판사, 그동안 글을 읽어준 독자, 앞으로 글을 읽어줄 독자 모두에게 감사의 말씀을 드린다.

2015년 11월

김형경

오늘의 남자

다시 여자가 알아야 할 남자 이야기

초판 1쇄 발행 • 2015년 11월 30일
초판 3쇄 발행 • 2015년 12월 23일

지은이/김형경
펴낸이/강일우
책임편집/김선영
조판/신혜원
펴낸곳/(주)창비
등록/1986년 8월 5일 제85호
주소/10881 경기도 파주시 회동길 184
전화/031-955-3333
팩시밀리/영업 031-955-3399 · 편집 031-955-3400
홈페이지/www.changbi.com
전자우편/lit@changbi.com

ISBN 978-89-364-7275-7 03810

* 책값은 뒤표지에 표시되어 있습니다.